名家经典诗歌系列 | 湖畔社 | 诗精编

应修人　冯雪峰　等著
李春梅　编选

图书在版编目（ＣＩＰ）数据

湖畔社诗精编/ 应修人等著；李春梅编 ――武汉：
长江文艺出版社， 2014.12
　（名家经典诗歌系列）
　ISBN 978-7-5354-7503-9

Ⅰ．①湖… Ⅱ．①应…②李…Ⅲ．①诗集－中国－
现代　Ⅳ．①I226

中国版本图书馆 CIP 数据核字(2014)第 184420 号

责任编辑：张　韵　　　　　　责任校对：陈　琪
封面设计：徐慧芳　　　　　　责任印制：左　怡　邱　莉

出版：长江出版传媒　长江文艺出版社
地址：武汉市雄楚大街 268 号　　邮编：430070
发行：长江文艺出版社
电话：027―87679360
http://www.cjlap.com
印刷：咸宁市新源印务有限公司

开本：640 毫米×970 毫米　　1/16　　印张：18.25　插页：9 页
版次：2014 年 12 月第 1 版　　　　　2014 年 12 月第 1 次印刷
行数：6598 行

定价：32.00 元

版权所有，盗版必究（举报电话：027―87679308　87679310）
（图书出现印装问题，本社负责调换）

前　言

在中国现代文学史上，说起"湖畔诗社"，首先提到的往往是汪静之及其《蕙的风》。不得不承认，湖畔四诗人，汪静之在当时的名气最大。

1922年8月，汪静之的个人诗集《蕙的风》由上海亚东图书馆出版，朱自清、胡适、刘延陵分别作序。朱自清盛赞汪静之"有诗歌的天才"、他的诗"多是性灵底流露"；[1] 胡适也认为，汪静之是"少年诗人中最有希望的一个"，他的诗"充满着一种新鲜风味"。[2] 有了这些文坛大人物的扶持，初出茅庐的青年学生汪静之声名大震。

《蕙的风》出版两个月之后，胡梦华发表《读了〈蕙的风〉以后》，指责《蕙的风》中的一些爱情诗"堕落轻薄"，"有意挑拨人们的肉欲"，"是兽性的冲动之表现"，"是淫业的广告"。[3] 胡梦华的文章引发了文艺界关于"文艺与道德"的大辩论。周作人、鲁迅也加入争论。周作人写了《什么是不道德的文学》，鲁迅写了《反对"含泪"的批评家》，为汪静之辩护，支持他"放情地唱"。经过这场争论，汪静之和《蕙的风》更有名了。

然而，作为一个文学团体，湖畔诗社最重要的人物，当属应

---

[1] 朱自清，《〈蕙的风〉序》，上海亚东图书馆出版1922年8月。
[2] 胡适，《〈蕙的风〉序》，上海亚东图书馆出版1922年8月。
[3] 胡梦华，《读了〈蕙的风〉以后》，《时事新报·学灯》1922年10月24日。

修人。甚至可以说,没有应修人,就没有"湖畔诗社"。

据冯雪峰回忆:"1921年,当时在杭州浙江第一师范学校读书的汪静之已经有诗作在刊物上发表,这引起了那时也正在热心于新诗写作的应修人的注意。修人那时在上海中国棉业银行做职员,大约1922年初他开始同静之通信,接着由静之介绍也就和漠华和我通信,那时漠华和我也在浙江第一师范学校读书。这样,1922年3月底,当修人有几天春假的时候,就来杭州同我们一起在西湖各处游玩了一个星期,并且就在他住的清华旅馆里,由他发动,主要的也由他编选,从我们四个人习作的诗稿里挑出一些诗来,编成一集,名为'湖畔',由他带回上海,准备找一个书店出版,以作为我们这次会晤的一个纪念。但没有书店肯出版,于是即由修人出资自印,于4月间出版了,"湖畔诗社"的名义就是为了自印出版而用上去的。"① "湖畔诗社"由此诞生。

显然,应修人是"湖畔诗社"的发起人,也是运作者。没有应修人的努力,"湖畔诗社"的诗集不可能面世。应修人十分重视湖畔诗社的整体发展,他曾提议《蕙的风》"最好自己付印,托亚东寄售",因为"同社的书,一本由别家出,实在不好"。②但终因经费欠缺而作罢。这在应修人,实为憾事。可以推测,为《湖畔》,应修人已倾其所有。而这远远不是应修人付出的全部。

《湖畔》出版后不久,应修人随即着手准备"湖畔诗社"第二集的编选——他多次写信和杭州的诗友商讨;为潘漠华看诗稿并提出他的意见;并极力劝说汪静之选一些诗稿编入合集。但由于汪静之《蕙的风》后来有了名气,"产生了爱惜羽毛的念头,诗作没有提高,自己也不满意,不准备出版。……应修人只得将

---

① 冯雪峰,《应修人潘漠华选集·序》,人民文学出版社1959年版。
② 楼适宜,《应修人集》,浙江人民出版社1982年6月第一版,第212页。

自己写的《野唱集》和潘、冯的诗歌合集,定名为《春的歌集》"①,作为"湖畔诗集"第二集,于一九二三年八月间出版。这一次,仍然是应修人独自一人出资。

随着友谊的增进,湖畔诗社的圈子扩大了,"魏金枝、谢旦如(澹如)、楼适夷(适宜)等,也都是这个圈子里面的人了"②。他们的诗歌创作成果不断。作为"湖畔诗集"第三集,准备出版魏金枝的诗集《过客》,终因缺乏印费,后来未曾出版;1925 年,谢旦如自印《苜蓿花》,作为"湖畔诗集"第四集。

1925 年 2 月间,以"湖畔诗社"的名义,应修人还在上海编辑、出资出版了文学月刊《支那二月》,主要发表新诗,也有少量小说和散文。因为经费问题和社会运动,《支那二月》1925 年 5 月终刊。此后,"湖畔诗社"再无团体文学活动。

无疑,在"湖畔诗社"历时三年多的文学活动中,应修人最积极、出力最多。没有应修人,"湖畔诗社"的诗集不可能面世,社刊《支那二月》也不可能出版。没有诗集和诗刊,还会有"湖畔诗社"吗?

应修人几乎以一己之力,架起"湖畔诗社"这叶扁舟,在新诗勃兴时期,留下了独特的印迹。

在新诗史上,湖畔诗人的诗作一般被定位为"情诗"。朱自清在《中国新文学大系·诗集导言》中说,"中国缺少情诗,有的只是'忆内''寄内',或曲喻隐指之作;坦率地告白恋爱者绝少,为爱情而歌咏爱情的更是没有。这时期新诗做到了'告白'的一步。《尝试集》的《应该》最有影响,可是一般的趣味怕在文字的缴绕上。康白情氏的《窗外》却好。但真正专心致志做情

---

① 晓冬,《"湖畔诗社"始末》,《西湖》,1982 年第 4 期。
② 冯雪峰,《应修人潘漠华选集·序》,人民文学出版社 1957 年 9 月第一版。

诗的，是'湖畔'的四个年轻人。"①"专心致志做情诗"，这一表述并不准确。翻阅湖畔诗集《湖畔》、《春的歌》、湖畔诗社刊物《支那二月》，我们很容易就能发现情诗只是应修人、冯雪峰、潘漠华诗歌创作的一部分。在他们的歌唱中，他们也写友情，亲情，对大自然的热爱之情，对人间一切苦难的伤痛、悲悯之情。如冯雪峰的《杨柳》，以孩童的纯真眼光，发现大自然诗意的美："杨柳弯着身儿侧着耳，/听湖里鱼们底细语；风来了，/他摇摇头儿叫风不要响。"应修人描摹农村和农民，《山里人家》、《晚上》、《天未晓曲》、《田野的村》，充满了田园牧歌的恬静。因为家庭的苦难，潘漠华常以蘸满苦泪的诗笔，写亲人的悲戚（《离家》），诉游子的思乡（《游子》、《回栏下》、《秋末之夜》），他笔下的景致也始终带着愁绪和悲伤（《黄昏后》、《塔下》）。湖畔四诗人中，汪静之爱情诗写得最多，《蕙的风》十之八九为情诗。

以"情诗"定位"湖畔"，是偏颇的，有以汪静之一人之特点抹煞和遮蔽其他三位诗人之嫌。这种观点大概与汪静之在当时的影响有关。而汪静之的影响，主要不在于其诗歌的艺术成就，而在于他大胆的爱情"告白"，顺应了那一时代的潮流。

五四是个性解放的时代。对于青年男女来说，个性解放的核心就是婚姻爱情的自由。年青的汪静之在《自由》中公开宣告："我要推翻一切打破世界，/谁能不许我呢？/我只是我底我，/我要怎样就怎样/谁能范围我呢？"带着推翻一切的豪情和勇气，汪静之大胆追求自由爱情："我冒犯了人们的指谪，一步一回头地瞄我意中人；我怎样欣慰而胆寒呵。"（《过伊家门外》）他写爱情的炙热："伊的眼是温暖的太阳；/不然，何以伊一望我，/

---

① 朱自清，《中国新文学大系·诗集导言》，良友图书公司1936年。

我受了冻的心就热了呢?"(《伊的眼》)他倾诉对恋人的思恋："我昨夜梦着和你亲嘴,/甜蜜不过的嘴呵!/醒来却没有你的嘴了;/望你把你梦中的那花苞似的嘴寄来罢。"(《别情》)他还鲜有地描绘了情欲,如《乐园》。这样的爱情抒写,契合了五四的时代精神和主题,在特定的历史时刻做出独特的贡献。

沈从文说,"《蕙的风》所引出的骚扰,由年青人看来,是较之陈独秀对政治上的论文还大的。"① 朱自清赞誉,"他的新诗集《蕙的风》中,发表了几乎首首都是青年人感于性的苦闷,要想发抒而不敢发抒的呼声,向旧社会道德投下了一颗猛烈无比的炸弹。"②

显然,当时的论者,看重的是诗所发挥的参与现实、干预现实的作用,即"史的价值",而非整体的"文学价值"。周作人坦言,"我们对于情诗,当先看其性质如何,再论其艺术如何","静之的情诗即使艺术的价值不一样","我们应该认为诗坛解放的一种呼声"。③

而文学作品"史的价值"与"文学价值"往往并不对等,尤其是二十世纪以来的中国现当代文学。如《班主任》、《伤痕》、《爱情的位置》等等,其"史的价值"远远大于"文学价值"。这一类作品,当时影响极大,然而终究经受不住时间的考验,渐成史的材料。如今除了研究者和中文系有课程阅读任务的学生之外,鲜有人问津。

文学作品的生命力,终究取决于它的文学价值。评价文学作

---

① 沈从文,《论汪静之〈蕙的风〉》,《文艺月刊》,1930年11月号。
② 《朱自清对《蕙的风》的评价》,引自《"湖畔诗社"资料集》,中国作家协会浙江分会1982年4月,第59页。
③ 周作人,《情诗》,《自己的园地》,河北教育出版社2002年1月第一版,第52、53页。

品，在尊重其"史的价值"的同时，恐怕更需要探究其文学价值。

就文学价值而言，湖畔诗被低估了。

五四时期的新诗运动，胡适称为"诗体的大解放"。即新诗"不但打破五言七言的诗体，并且推翻词调曲谱的种种束缚；不拘格律，不拘平仄，不拘长短，有什么题目，做什么诗；诗该怎样做，就怎样做"。① 胡适身体力行，带头"尝试"白话新诗。比如著名的《人力车夫》：

> "车子！车子！"车来如飞。
> 客看车夫，忽然心中酸悲。
> 客问车夫："今年几岁？拉车拉了多少时？"
> 车夫答客："今年十六，拉过三年车了，你老别多疑。"
> 客告车夫："你年纪太小，我不能坐你车，我坐你车，我心中惨凄。"
> 车夫告客："我半日没有生意，又寒又饥，
> 你老的好心肠，饱不了我的饿肚皮，
> 我年纪小拉车，警察还不管，你老又是谁？"
> 客人点头上车，说："拉到内务部西。"

诗体的确解放了，但诗歌的韵味全无，反倒令人产生了白话能否入诗的质疑。不得不承认，胡适的《尝试集》和早期大多数白话新诗是失败的，直到湖畔诗歌的出现改变了这种局面。

"湖畔"诗歌为五四新诗运动初期提供了真正解放了的白话新诗，是新诗运动初期白话新诗的风标。

湖畔诗人们真正实现了"诗体的大解放"。他们不追求诗体

---

① 胡适，《谈新诗——八年来一件大事》，《中国新文学大系·建设理论集》，上海良友图书印刷公司 1935 年版，第 295 页。

形式上的整饬,写完全自由的散体诗:"流水呀!你好好地流罢。/你流到我家底门前时,请给几片我底妈;——/戴在伊的头发上,/于是伊底白头发可以遮了一些了。"(冯雪峰《落花》)。他们不讲究诗歌语言的对仗押韵,以纯熟的白话甚至口语入诗:"抛下花篮儿笑着去了。/去?/你去;/你尽管去!/看我要采不着花儿了!/看我要提着空的花篮儿归来了!"(应修人《嗔》)他们的诗长时多达百行,如应修人的《小学时的姊姊》;短时只有一句话:"生生世世的人们,/只忙着做新坟墓的候补呀!"(《生生世世》)

至关重要的是,他们的白话新诗有了诗的意境、诗的韵味,有了艺术的感染力。如冯雪峰的《有水下山来》:"有水下山来,/道经你家田里;/它必留下浮来的红叶,然后它流去。/有人下山来,/道经你们家里;/他必赠送你一把山花,然后他归去。"诗人用比兴的手法,巧妙地借有情义的"红叶",含蓄点出抒情主人公对山下姑娘的爱慕之情。情感真挚,表达质朴,耐人寻味。应修人则这样写自然:春天来了,去哪里赏花呢?"不知道哪里花儿好;紧跟了蝴蝶跑……"(应修人《看花去》);采下芍药花,怕初夏的阳光灼伤了,"只好问树林借些阴",花香引来了蝴蝶,"蝴蝶儿,谢也谢不去,/护送我到了家。"(应修人《初夏的初阳》)这些质朴、充满童趣的诗句,活画出天真、俏皮、伶俐、热爱自然的抒情主体形象,呈现了一个充满诗意的童话世界。湖畔诗人的诗歌有着独特的想象,如汪静之的《园外》写"我"与恋人被围墙阻碍,"我"透过墙洞往园内瞧,诗人大胆想象,"我却连园角头那只都看见了。因为伊把我的视线牵引去,似乎我的视线能够转弯了"。诗人想要表达爱恋却又胆怯,"我那次关不住了,就写份爱的结晶的信给伊。但我不敢寄去,怕被外人看见了;不过由我底左眼寄给右眼看,这右眼就是代替伊了"。(汪静之《月夜》)其新奇的想象和鲜活的语言让老一辈诗人如胡适等人自叹弗如,即使今天读来依然具有打动人心的力量。

  当然,他们的诗还不够成熟,不脱稚气。但诚如朱自清所说,"这正是他们之所以为他们,《湖畔》之所以为《湖畔》。有了'成人之心'的朋友或许不能完全了解他们的生活,但在人生底旅路上走乏了的,却可以从他们的作品里得着很有利的安慰;仿佛幽忧的人们看到活泼泼的小孩而得着无上的喜悦一般。"① 这就是艺术的感染力。而艺术的感染力,不会随时间减弱、消逝,反而会像陈年的酒,愈来愈香醇、绵厚。九十多年之后,在物质世界高度发达、欲望无限膨胀的当下,湖畔诗人们的诗——他们的童真、清新、纯净、质朴,足以引发人们来自内心深处的欢愉。

  本书收入的作品,选自《湖畔》、《春的歌集》、《蕙的风》(上海书店1983年版,据初版影印)、《应修人、潘漠华选集》(冯雪峰,人民文学出版社1959年版)、《苜蓿花》、《支那二月》,所选诗作次序依照原书(刊)次序。其中,潘漠华的《归后》,在《应修人、潘漠华选集》中注明的创作时间为1934年1月14日。这首诗发表在1925年2月28日出版的《支那二月》第1卷第1期上,创作时间为1924年1月14日。为保留诗作的原貌,对其中的旧式用词大多予以保留,例如《愿良人早点归来》中的"烘烘"、《灵魂底飞越一》中的"度"、《灵魂底飞越二》中的"颠"。仅将《江之波涛》和《到邮局去》中的"袋"字改为了"装",以便于读者理解。

---

  ① 朱自清,《读〈湖畔〉诗集》,《文学旬刊》第三十九期,1922年5月18日。

应修人

或者·3

第一夜·4

新柳·6

在江边小坐·7

一生·9

听玄仁槿女士奏佳耶琴·10

含苞·11

彷徨·13

豆花·14

目 录

歌·15

悔煞·16

小小儿的请求·17

嗔·19

江之波涛·20

麦陇上·22

心爱的·23

山里人家·24

花蕾(一九二二年)·25

邻家·26

温静的绿情·27

北郊里独游·28

粉墙·29

邻家座上·30

天未晓曲·31

楼梯边·32

负情·33

绿梅花儿娇·35

到邮局去·36

信来了·37

小学时的姊姊·38

看花去·44

初夏的初阳·46

草地之上·47

妹妹你是水·48

偷寄·49

灰黑的手帕·50

那时候·52

殒星·53

茶时候·55

雪夜·56

黄浦江边·59

冯雪峰

雨后的蚯蚓·63

杨柳·64

花影·65

栖霞岭·66

清明日·67

城外纪游·68

三只狗·70

睡歌·71

灵隐道上·75

落花·76

厨司们·77

幽怨·78

伊在·79

一只·81

有水下山来·82

十首春的歌·83

你纵不能为我而停工作·86

愿良人早点归来·87

山里的小诗·89

这深山中只她一个人·90

老三底病·91

猎人·93

被拒绝者底墓歌·94

汪静之

蕙的风·97

定情花·98

我俩·100

谢绝·104

海滨·105

过伊家门外·108

忠爱·109

伊底眼·110

换心·111

祷告·112

芭蕉姑娘·113

我都不愿牺牲哟·114

月夜·116

别情·119

一片竹叶儿·121

蝶儿与玫瑰·122

月月红·124

在相思里（七首）·125

乐园·127

母亲·129

热血·131

被残的萌芽·132

荷叶上一滴露珠·136

于是诗人笑了·138

潮·139

谁料这里开了鲜艳的花呢·140

孤傲的小草（六首）·141

蓓蕾·143

孤苦的小和尚·144

蟋蟀音乐师（五首）·146

心的坚城·148

被损害的·149

诗的人·150

西湖杂诗（二十九首）·151

西湖小诗·166

我们想（儿歌）·171

向乞丐哀求·172

小孩子·173

两样世界·174

赠糖·175

送你去后·176

自由·177

生生世世·178

游宁波途中杂诗·179

归燕·182

尽是·183

慰盲诗人·184

园外·185

小诗一·186

小诗二·187

小诗三·188

小诗四·189

小诗五·190

潘漠华

草野·193

轿夫·195

孤寂·196

回栏下·198

黄昏后·199

塔下·200

游子·202

稻香·203

回望·204

离家·205

归家·207

想念·208

忘情·210

雨后的蚯蚓·211

黎明在涌金门外·212

念姊姊·213

夜·214

小诗两首·215

怅惘·216

月夜·217

新坟·218

月光·219

清明底思念·221

祈祷·222

再生·224

夜梆·225

问美丽的姑娘·226

冬夜下·227

灵魂底飞越一·228

灵魂底飞越二·230

将归故里·232

万念俱消·234

生命上深刻的一痕·235

夜歌·237

归后·260

谢旦如

苜蓿花·265

应修人

或　者

篱旁的村狗不吠我，
　或者他认得我；
提着筠篮儿的姑姑不回答我，
　或者伊不认得我。

　　　　　一九二二，三，十二，晨。

第一夜

（上）

哥哥底怀里，
也有妈妈样的温暖吗？
这是尝新的第一夜呵！

颊儿偎我，
腕儿钩我，
小调儿醉我，
小哥哥并枕而睡地伴我。

要明天领我上栖霞岭去，
让小哥哥睡熟吧。

小哥哥睡熟了，
我倒不忍睡熟了。
——这梦中的微笑，
尽让灯光独自儿看，
不是太罪过吗？

移他底脸儿，移得更近些；
捏他底手儿，捏得更紧些：
这样，我可以放心睡去了。

离开妈妈底枕儿有九年了；
尽情地酣睡，
这是重温的第一夜呵！

——修人，西湖，一九二二，三，三十一，夜。

（下）

被角儿散开了。
让他自由些时吧！
抱紧了的手儿
腾不出这闲功夫呵！

一九二二，四，一，晓。

新　柳

　　软风吹着，细雾罩着，浅草托着，碧流映着，——春色已上了柳梢了。

　　村外底小河边，抽出些又纤又弱的柳条儿，满粘着些又小又嫩的柳芽儿。

　　但是春寒还重呢！柳呵！你这样地抽青，是为你底生命努力吗？还是为要给太阳底下底行人造成些伞盖吗？……

一九二〇，三，十九，晓。

在江边小坐

不歇的波浪
终不歇地向岸边汹涌。
这边才响得飞敷地濡濡地低了,
那边又匍蓬地捧起一个碧波来。
恰像那万条雪链蛇儿
连绵地横着身儿蠕动。

浅滩上有些疏疏落落的小草,
刚迎得浪来
又翻身送了浪去。
他们还顾盼自喜地笑,
但我看未免太忙了!

小小的蟹儿
三三两两地在泥洞边游戏,
嘴上底沫珠儿晶晶地映在太阳光里。
小小的蟹儿呵!
你们天天在这里游戏吗?

绿茸茸草地的江边,
恋得住我底心,终恋不住我底身。
我要走了!

我笑那些小草,
也要给那些小草笑了。
但波儿底活泼,
蟹儿底静逸,
能给我带些回去吗?

一九二〇,八,二十六。

一　生

灵巧的巢儿筑成了，
　便呢喃呢喃，长在人家檐下呢喃；
娇小的乳燕满巢了，
　便飞翔飞翔，不停地为哺饲而飞翔。
燕子呵！燕子呵！
这便是你们底一生吗？

一九二一，六，十五。

听玄仁槿女士奏佳耶琴

没处洒的热泪,
　　向你洒了吧!
你咽声低泣;
你抗声悲歌。
　你万千怨恨都迸到指尖,
　　指尖传到琴弦,
　　　琴弦声声地深入人底心了;
　你发泄了你底沉痛多少?
　蕴藏在你心底里的沉痛还有多少?
呵!人世间还剩这哀怨的音,
　总是我们底羞吧!
　　我底高丽呵!
　　我底中华呵!
　　我底日本呵!
　　我底欧罗巴洲呵!……

　　　　一九二一,十二,十九,夜。

含 苞

露珠儿要滴了,
乳叶儿掩映,
含苞的蔷薇酝酿着簇新的生命。

任他风雨催你,
你尽管慢慢地开。
悠久的花期,
丰美的花瓣,
你知道正从这"慢慢地"而来吗?

"妹妹杜鹃花,伊已先我吐华了。"
可爱的蔷薇呵!这非你所应该较量的。
"春光迟暮,怕彩蝶儿要倦游了。"
这也非你所应该猜疑的。

我爱这纤纤的花苞儿
蕴藉着无量的美,
——无量地烂漫的将来。
你尽管慢慢地开,

我底纯洁的蔷薇呵!

一九二一,四,二十五。

彷　徨

田塍上受过蹂躏的青菜，静静地睡着；
还是绕些远路走呢，还是践伊而过呢？

一九二二，三，十二。

豆 花

豆花,
洁白的豆花,
睡在茶树底嫩枝上,
　　——萎了!
去问问歧路上的姊妹们
决心舍弃了田间不曾。

一九二二,四,四。

歌

怪道湖边花都飞尽了,
怪道寻不见柳浪的莺了,
——哦!春锁在这嫩绿的窗里了?

是没弦儿的琴?
是那里泉鸣的韵?
——咦!我竟只能微笑,屏息地微笑了?

这么天真的人生!
这么放情地颂美这青春!
——哟!甘霖地沾润了沉寂的我了!

花羞红了脸儿了。
黄莺儿也羞不成腔儿了。
——呵!伊们,管领不住春的,飞了,飞了!

一九二二,四,四。

悔 煞

悔煞许他出去;
悔不跟他出去。
　等这许多时还不来;
　问过许多处都不在。

一九二二,四,三。

小小儿的请求

不能求响雷和闪电底归去,
只愿雨儿不要来了;
不能求雨儿不来,
只愿风儿停停吧!
再不能停停风儿呢,
就请缓和地轻吹;
倘然要决意狂吹呢,
请不要吹到钱塘江以南。
钱塘江以南也不妨,
但不吹到我底家乡;
还不妨吹到我家,
千万请不要吹醒我底妈妈,
——我微笑地睡着的妈妈!
妈妈醒了,
伊底心就会飞到我底船上来,
风浪惊痛了伊底心,
怕一夜伊也不想再睡了。
缩之又缩的这个小小儿的请求,

总该许我了,
天呀?

　　　　一九二○,九,二十四。

嗔

（一）

抛下花篮儿笑着去了。
去？
你去；
你尽管去！
看我要采不着花儿了！
看我要提着空的花篮儿归来了！

（二）

闭上眼儿装睡了。
睡？
你睡；
你尽管睡！
看我要调不准琴弦儿了！
看我今夜要给梵婀玲笑了！

一九二二，三，八。

江之波涛

江树一步步移到眼底了。
海边一回回拉开天幕了。
一级级我登上六和塔底最高级了!
西湖给月轮山搂入了怀里吗?
我移看伊底爱,
赠给钱塘江吧!
钱塘江尽汹汹地怒吼着。
那从海外来的波涛呀!
挟着这悲愤要诉给谁呀?
你们底故乡呢?
台湾吗?
琉球群岛耶?

波涛好雄浑哟!
波涛也好慈爱哟!
看他尽拍着浅滩,
不是他抚慰他底爱儿吗?
摸摸我怀里,
不曾装着爸爸给我的信儿。

但不是嵌在心里,
也何须藏在怀里呢!
爸爸叫我不要多爬山,
我已爬过南北两高峰了!
更登上这塔底最高级了!
啊!我要跳入波涛里去,
给爸爸拍我几下哟!

    一九二二,四,四。

麦陇上

蓝格子布扎在头上,
一篮新剪的苜蓿挽在肘儿上,
伊只这么着
走在朝阳影里的麦陇上。

一九二二,三,二十六,晨。

心爱的

逛心爱的湖山,定要带着心爱的诗集的。

柳丝娇舞时我想读静之底诗了;
晴风乱飙时我想读雪峰底诗了;
花片纷飞时我想读漠华底诗了。

漠华的使我苦笑;
雪峰的使我心笑;
静之的使我微笑。

我不忍不读静之底诗;
我不能不读雪峰底诗;
我不敢不读漠华底诗。

有心爱的诗集,终要读在心爱的湖山的。

一九二二,四,一。

(以上十六首选自《湖畔》,杭州湖畔诗社 1922 年 4 月出版)

山里人家

缫些蚕丝来，
　自家织件自家的衣裳；
汲些山泉来，
　自家煎一杯嫩茶自家尝。

溪外面是李树拥梅树，
溪里面是桑树领茶树。
　溪水琮琤地流过伊家底门前，
　伊家是住在那边的竹园边。

花　蕾（一九二二年）

姊姊都嫁了，
嫂嫂常怨我：
我已恨煞这凄清的家了。
攀——藤，披——荆，
你这样儿爱惜我，
我要和你一起儿归去了！
这一颗紧锁的芳心呀，
要为你，要为你展开了。

邻　家

向姊姊手里夺来的木香花,
到门口就挜给了邻家里阿莺了。
准备再受姊姊埋怨吧,
只哄伊又践坏了。

温静的绿情

也是染着温静的绿情的,
那绿树浓荫里流出来的鸟歌声。

鸟儿树里曼吟;
鸭儿水塘边徘徊;
狗儿在门口摸眼睛;
小猫儿窗门口打瞌睡。

人呢?——
还是去锄早田了,
还是在炊早饭呢?

蒲花架上绿叶里一闪一闪的,
原来是来偷露水吃的
红红的小蜻蜓!

北郊里独游

慢慢天边生暮霭。
四郊都是绿,
归路难猜;
桥边牧牛儿含笑谢,
"我也是别村来。"

粉　墙

飓风一夜吹，
粉墙变了砖堆。
却见邻家竹篱笆——
垂垂绿叶里，
开满了牵牛花。

邻家座上

嘴里微微歌。
脸上微微酡。
要说不说,怕人多。
嘴里微微歌,
脸上微微酡。

天未晓曲

天还未曾晓,
天还未曾晓,
雨声窗外,鸡声远,
醒——醒来了。
想起我底箫,
想起新抄的新风谣。
真要飞向故乡去:
一柄锄头过小桥,
稻田菜园里逍呀遥。

楼梯边

飞一样到楼下:
风吹了一阵瑞香花。
见面时一笑外,
不留半句话。

负　情

淡月的小庭里，
　　教我隐了；
明灯的玻窗里，
　　陪伊坐了。
静静里流来，几朵娇笑几枝话；
闲闲地映出，少女俩细斟茶：
　　美景和美情，
　　融成了水样的画。

狡巧的小媒人！
你也是女儿身。
　　也不先问一问，
　　伊还是肯不肯。

要相爱，不在相见，
　　况是伊，没见我面。
这番美意儿只好赊，
　　千千谅谅吧；
　　引我生怜的最是你——

你织成这帧画,
你赠我这帧画。

绿梅花儿娇

绿梅花儿娇,
妻妻,我不要。
徒然,添一个少妇在我家,
像绿梅换了腊梅花,
减一分人间的天真美,
——少一枝窈窕花。

到邮局去

异样闪眼的繁的灯。
异样醉心的轻的风。
我装着那封信,
那封紧紧地封了的信。

异样闪眼的繁的灯。
异样醉心的轻的风。
手指儿近了信箱时,
再仔细看看信面字。

信来了

心语儿满纸跳;
柔情儿不可描。
寄去的殷勤全收了,
回我是千瓣娇。
　翻书弄字没心绪:
　　无端独自笑,
　　无端独自笑。

刚是我心里话,
还问我欢迎吗。
这样儿性情太可爱,
温静里含潇洒!
　逢人就向低低问:
　　几时是春假?
　　几时是春假?

小学时的姊姊

让星光霎眼在天上,
让菜花伸腰到路旁,
让村狗儿声,村路冷,
让前面是田野还是村庄……
我都不管这些那些,
我只想我故乡里——
小学时认识了的小姊姊:

想是放学回来的晚上,
轻轻地进去我闭了伊底纸窗;
停了针儿伊看了我笑,
笑了两笑手帕儿盖上了绣棚了。
姊姊整个儿猜中了我底心,
姊姊万事儿比我都聪明:
让他蜂蝶们飞进窗里来,
娇丽的花枝儿新有帕儿盖,
要采花粉也不可采。

耐心儿教我戳纱;

耐心儿教我绣花。——
爱看姊姊底美笑当回答，
爱碰到姊姊手儿底温软，
常常捻捻绢丝儿，针儿，说
"姊姊你替我穿！"
偶然我指儿上有了些红，
你总看了看绣棚皱了皱眉；
你早就抽出你底手帕儿了，
要不是我忙着辩明，"这是玫瑰水。"

记得你妈春里有个清晓，
要我拿本书向你教教。
听了，我禁不住地暗笑，
看看你底脸上也有笑丝在飘。
你妈只知绣棚边你是我底师，
不知在烧火凳上，菜园里，
我早变成了你底师。
——灶火熊熊地暖着你底背书声；
桑叶青青里浮起你底问字声。

蝴蝶的春换了云霞的夏，
我有了暑假，我说我要暂时回家；
云霞的夏换了芭蕉的秋，
我到了你家，你说我们别离太久；
可怜的芭蕉的秋还潇潇，
我底爹爹远游去，妈妈说是可以归了家，

于是又,于是又依依地别离了!
从此和你就难相见,
借名来到你家来也只有一天两天;
姊姊是知道我是胆小又怕羞的,
我怎样敢在人前说起你我底情分呢?

如今看住在家里时直像天,
但从家里看那住在你家时,
又像是白云缥缈里的仙。
嘴里是你烹调的菜,
手里是你洗净的筷;
你家里餐桌是小圆桌,
平时门里,夏天是移到竹门外;
我和你妈是同一床,
你底床就在窗底旁;
几番赌早起我都输了你,
等我辨清是纸窗的曙光,
你早轻巧地走下了小楼梯;
晨里你许我帮你烧烧火,
只问我昨天新书有没有温过,
一些别样也不肯让我做:
这些儿在家里都不可见,
借名来到你家来也只有一天两天。
姊姊,我怎样敢在人前——
说起你我底怎样怎样的要好呢!

明年杏花爬上了泥墙,
爹爹信来要我离开故乡,
那时英雄的想头误了我,
妈妈就伴了我到你家来辞行。
你妈底千万叮嘱可怜我都忘了,
为是你捧茶时的默默,已尽使我心跳:
茶叶儿密密浮起,
满室里浸满了静悄悄。

留了一夜又终于要别了,
你揭开绣棚要我刺些儿绣;
半年的在家手指儿硬久了,
你说就是一针两针也好。
那时我妈和你妈都笑了,
我是为你绣完了淡黄小蝴蝶。
还是你笑说可以走了,
看太阳真已是偏到了竹篱的时候。
——等到样样儿舒齐了,
望见你楼窗开着,
只你妈送我们到门口……

姊姊,你底婉静的柔美呀,
如像三月里的嫩黄柳,微微有晓风吹;
姊姊,你底璀璨的明慧呀,
如像天才亮时的霞彩
轻映在浅唱的溪水。

别来已几年,
不想你,难得有几天:
你还在你妈身边吗?
你,我想煞要再见一见。

昨夜明星像今夜,
是明星又是明灯夜,
明灯辉映里我见了想见的姊姊……
鲜艳的装束,已不是娉娉袅袅,
是有个人儿要嫁了——
又不能叫你,问你,碰你手,
明明是一刻儿要上轿;
只从你身边走去走来,
只从你身边走去走来,
庄重得全没些女孩儿气,
原来——你于我睬也不一睬……
花轿像朵红云捧了你去,
捧了去我也没有言语:
我想煞要见你,你不想见——
谁使我们亲近了又生疏?
四年的别离,我是只能去怨天。
姊姊你忘了旧时候!
不认识的相见不是我能受……
花轿像朵红云捧了你去,
捧了去我也没有言语,
堂前喜乐鼓吹起,

终吹不起呀蓦然再见时的欢愉……

今夜明星像昨夜。
昨夜睡梦里怨姊姊;
醒来就自慰;
自慰了又苦念旧时的小姊姊;
我不要知道你有没有郎,
姊姊,我只求你不要相忘!
旧时去了已不可再,
但愿旧情如常——
但愿将来再见时,
还肯旧时样喊我声乳名字……
而今姑让我异乡里久久徬徨,
星夜里菜花原也不像旧时的鲜黄,
在从前就想去挑选伊一球好花来,
如今呢——就拗来了好花朵,
哪里呀,是你底美新妆?

看花去

不知道哪里花儿好；
紧跟了蝴蝶儿跑……

对河的桃林沿河塘；
脚边苜蓿；
拦腰有菜花黄。
花枝掩映里竹椅儿；
椅儿里女孩儿；
线团儿小手里，
编着甚么的好东西。

不知道哪里花儿好；
紧跟了蝴蝶儿跑……

静看桃叶外飞艇飞，
"何不飞艇里种上些桃花呢？"
使得花瓣儿飞了时，
飞在江南里朋友笛儿前，
飞在黄河以北里先生笔儿边。

不知道哪里花儿好；
紧跟了蝴蝶儿跑……

初夏的初阳

"初夏的初阳是轻鞿,
也会穿树荫?"
手里有芍药花,
只好问树林借些荫。

难得手里有芍药花,
蝴蝶儿,谢也谢不去,
护送我到了家。

我送妈手里芍药花;
妈亲手弄点心。
灶前妈又
又谈到那个
那个姑娘儿底美性情。

草地之上

蝉唱,蝉唱,
唱成一片。
绿荫,绿荫,
绿成一片。
我友,我友!
我们也
谈笑,谈笑,
笑成一片。

一九二三年夏七月,华、雪们来会时。

妹妹你是水

妹妹你是水——
你是清溪里的水。
　无愁地镇日流,
　率真地长是笑,
　自然地引我忘了归路了。

妹妹你是水——
你是温泉里的水。
　我底心儿他尽是爱游泳,
　我想捞回来,
　烫得我手心痛。

妹妹你是水——
你是荷塘里的水。
　借荷叶做船儿,
　借荷梗做篙儿,
　妹妹我要到荷花深处来!

偷　寄

行行是情流，字字心，
偷寄给西邻。
不管娇羞紧，
不管没回音，——
只要伊
读一读我底信。

(以上十九首选自《春的歌集》，杭州湖畔诗社 1923 年 12 月出版)

灰黑的手帕

灯火上闹市,天色已近昏暗,
我惘然哀挽那坠去的光辉;
那少妇靠着伊老母肩头,
电车上密满的座客里,
正用灰黑的手帕自揩眼泪。

少妇你可是寻夫归来,
千辛万苦从你们秋深的故乡
寻到这里呵,他又不在?
或则是久没有信息,
或则已知他另有所爱?

只娇蕊嫩芽的芳年,
享得尽人生应享的爱怜,——
你却敲下你片片的青春,
熔成了早夜的操劳,
反买来个孤另,凄苦。

你棉袄绽出了棉花,你手帕
不曾洗净,你手上是有冻疮……
再穷再苦,于你有什么呢!
你剪破了的欢乐,难以缝好;
你带血的心灵,洗了又红。

车轮奔腾摇不动伊一些听闻,
纵有座客,在伊也象没有人:
洁白的心头只影上他一个,
你被冷淡、被忘记的姊姊呀!
爱你,慰你,只剩了你灰黑的手帕吗?

　　　　　　　一九二四年。

那时候

捻着枝榴花忽然面红；
想靠你肩头又靠不拢：
那时你觉得不——
喉咙底喧嚷着"我爱你！"
却没有勇气嘴里跳出？

　　　　　　一九二四年。

殒　星

雪样白的月亮在西边挂起；
东边嵌着有红红的火星：
这样清丽的夜天，云淡得要飞，
谁呀，放这一枝冰冷的箭？

怕我底眼睛已被你射中，
怎么我眼前这样昏黑？
你殒星，一霎的生命呀！
可就是我们家乡里
伤心的姊姊妹妹底影子？

昨天有老先生问起颜君年纪，
我怪他听了会反而微笑。
却原来他还藏着有令媛，妙龄已过，
而颜君有夫人是病重，病重……
病重的少妇！你可能许我祷天，
请以我男子的寿岁移赠给你？

今夜这殒星划过天空，

定是那少妇已经死去；
你划过的天空，没些儿痕迹；
你落下的地方又哪儿去寻？
只有这闪电一样的一闪吗，
一笔写尽了你们底一生？

坟墓满眼是都造在地上，
谁见过谁心上有坟墓？
花朵枯萎已不是花朵了，
随便抛弃，随便买朵来补。
是哪儿的风打得我这样寒噤！
门口已媒人踯躅，
病妇还床里呻吟……

哦，夜天依旧是云淡得要飞，
那边又射出一枝冰冷的箭：
这已不是刚才的殒星再生，
这又令我怀念起——
那妙龄已过的姑娘底运命……

一九二四，秋。

（以上三首选自《支那二月》，第 1 卷第 1 期，1925年 2 月 18 日出版）

茶时候

浅浅儿的一杯也不要,
我有——你嘴儿是颗鲜葡萄!
哦,不,我底美呀,
一颗的葡萄只可一口咂,
你底嘴儿不是颗鲜葡萄哇。

一九二四年。

雪　夜

尘煤的城市雾上我牧歌情怀，
此刻就有驴子呀，也不想去款款寻梅；
嗳，童年期的"无愁"去已远了，远了！
年来我胸里象胸外，定也在霰雪横飞。

我深谢你雪舞风舞
来弹急我岁暮日暮；
冲上街头我象逃出监牢——
钻进我头颈的冰冷快感，
是不就是呀极北的流放味道？

躺在夜空的尸云，好象道学面孔，
没奈何他后辈们满地喧闹癫疯……
愈急愈奔腾愈浙潮汹涌，
呵，你们冻饿的群众！狂喊狂冲，
万岁呀万岁呀一幕悲壮的"世界暴动"！

迎风迎雪我东颠西顿，
掸掸衣帽，也掸去些幽闭苦闷：
被尖风抽打象被钢丝细网，

我冻僵的耳鼻呀,你请不要忧伤——
窒息冷死岂不胜于温室昏沉?
今夜这些条街道也朦胧、荒凉;

没有了,没有了!——昨夜的灯火万家。
你四溅泥泞的华贵汽车,
你们才真知道了行乐及时!

街上积雪层层遭车轮碾散;
那轮辙底重叠呀,生命底伤痕斑烂!
在这风停雪飘,我是四顾苍茫:
四顾行路者,谁不缩颈打战?
呵,大街终古是住着"昏黄",
我要穿到穷巷去雪里探望。

夜已深深?山里样地静寂平稳;
那一带的矮屋,是隐在白云深处?
雪光里有家灯暗,窗开,
可不是个青年在有谁期待?

漫天况且正花雨缤纷,
盈盈瑶阶,邂逅尽温温玉人,
这样地冷艳、这样情调浪漫,
缺不得的焦点是私约宵奔:
雪软的爱路上,有时溜倒,
你可当做跌在你情人怀抱。

这境界，是清寂也是冷峭，
抟上些雪弹我灰空里一手一抛！
这雪压的屋檐有雪块坠下；
这里面，有没有些呢工人模样，
革命史破桌边，慷慨演讲？

我请求你，风哟！你再着力狂吹，
要末雾飙，要末雪原月明，
不要让这雪片儿躲闪、徘徊！
这象我底生活底节奏，刺我心魂隐伤，
我心魂象那前边的妇人踉跄。

踉跄在雪深夜深的母亲妇人！
你在寻你爱儿吗？他是再不回了！
你请藏起你连环的慈母软绳，
这风雪的天地，原供年少驰骋：
他雪上的脚印呀雪会盖去；
终生难医好你羊栏空虚……

灰茫茫的，呵，你这铅白世界！
几个受你复盖的，是真壮健丰美？
我把你这银发的冬树猛推，
呵！——人世的衣冠呀，万朵齐坠！

一九二五，一。

（以上两首选自《支那二月》第 1 卷第 2 期，1925 年 3 月 20 日出版）

黄浦江边

这春风峭厉的铁阑干旁,
连今朝,已有了三个早上,
你呀,白髯白发的印度老人,
尽这样沉默地江心呆望!
尽这样沉默地江心呆望!

江上有万色的旗子飞扬,
兵舰跟商船,这样济济跄跄,
唉,你呆望江心的印度老人,
你怕不是正在怀念故乡,
把黄浦江权当你家的恒河一样?

恒河!呵,恒河!今已是谁底恒河!
我看江上,江上蛇舌样的旌旗吞吐,
我看岸上,岸上狰狞着洋房巍峨……
这洋房,一石一瓦,岂不就是嶙嶙白骨?
你滔滔的黄浦江呀!你流的是谁底血肉?

满脸的皱纹,已说出你一生忧伤,

家国已没有了,你还老当益壮,
印度老人,唉!你何用独自凄凉,
你在这江边,想象你底故乡,
我又哪儿呢——去认我底"故乡"?

一九二五,春。

(选自《支那二月》第1卷第4期,1925年5月出版)

冯雪峰

雨后的蚯蚓

雨止了,
操场上只剩有细沙。
蚯蚓们穿着沙衣不息地动着。
不能进退前后,
也不能转移左右。
但总不息地动呵!

雨后的蚯蚓的生命呀!

    一九二一,十一,二十六。

杨　柳

杨柳弯着身儿侧着耳,
听湖里鱼们底细语;
风来了,
他摇摇头儿叫风不要响。

　　　　　　一九二二,三,二十三。

花　影

憔悴的花影倒入湖里，
水是忧闷不过了；
鱼们稍一跳动，
伊底心便破碎了。

　　　　　　一九二二，桃花谢时。

栖霞岭

栖霞岭上底大树,
虽然没有红的白的花儿飞,
却也萧萧地脱了几张叶儿破破寂寞。

一九二二,四,一。

清明日

清明日,
我沈沈地到街上去跑;
插在门上的柳枝下,
仿佛地看见簪豆花的小妹妹底影子。

　　　　　一九二二年,清明日。

城外纪游

（一）

我们竟跑得有些倦了；
便在一间草舍的旁边坐下来。
"乡间真有趣呵！"
漠华这样地哼了一声，
惊醒了一个睡在
一堆干草的上边
黄狗的脚边的小孩子。
他起来向我们看了好久；
他那含着指头微笑着的脸的可爱呵！
我们真仰羡极了。
漠华说，"为了小孩子也要住乡间。"
我说，"为了小孩子也不好不结婚。"

（二）

我们来到一个小小的村庄的时候，
肚里觉得有点饥了；

便在那儿的一铺店中，
买了许多的果饼；
那店主是一个十八九岁的女子，
虽说是蓬头散发，
但性情却有些温和；
我们因为果饼买得多了，
在那里也须好一会，
临走时便觉得有些恋恋了。

　　（三）

我们打算回来了；
一只杜鹃却也不忍舍了，
哥哥，哥哥，尽向我们叫着。
我们便唱了一个歌儿：
　　"杜鹃妹妹呀！
　　你怎的只管哥哥，哥哥？
　　你快来和哥哥们到城里耍子耍子罢！
　　你快来亲吻罢；
　　你底红嘴巴，
　　染红了哥哥们底心罢！"

　　　　　　　一九二二，四，十二。

三只狗

月亮底下的草场中,
三只狗面对面地坐着;
看看月亮怪凄凉的。

有个人走到那里,
他们向他点点头,
仍旧看他们的月亮,
而且亲亲嘴摇摇耳朵。
他呆视了一会,
说,"他们相恋着罢。"
他流流眼泪回去了。

月亮底下的草场中,
三只狗面对面地坐着;
看看月亮怪凄凉的。

一九二一,十二,八。

睡　歌

睡罢，静静地睡罢！
我底宝贝呀！
不要再哭了，
你已哭得很够了，
爸爸们已听得烦恼了；
要是你再哭，他们便忍不住了。
你不怕打吗？
你前天哭，
爸那样利害地打你，
你忘记了吗？

睡罢，快快地睡罢！
我再没有工夫慰你了；
爸爸们底衣服不是要浣吗？
你底小衫不是也要补吗？
新年就要到了，
你底花鞋还没有做过一针呢。
呵，太阳已将当顶了，
中饭还没有炊呵；

还要饲猪呵，
还要捆柴呵。

唉！宝贝呀！
不要再哭了，
爸来打虽打在你身上，
痛依然痛在我心里；
爸来打要打在我身上，
那末，你心里也要痛呵。
那次你忘记了吗？——
我因为你哭，
暂停了工作来抱你；
爸不是怨我待你太殷勤，太宠爱吗？
不是因此而打我吗？

唉！宝贝呀！
不要再哭了，
我也忍不了；
你一声声叫得我心儿如箭穿，
肉儿如火烧；
你爸底拳头，你祖母底巴掌，
那里有这般痛人呀！
但我怎敢大声哭呢？

你为什么要这般哭呢？
莫不是怪我待你太冷淡吗？

但我实在不能专伏侍你——
你出世错了,
怎偏偏生到我们家里来呢?——
还是因为他们刻待我,
所以你哭吗?
那末,你可不要哭了,
给我争一口气呵!
我便苦也甜呵!

你底母亲世上已没有亲爱的人了,
只有你呵,只有你这亲爱的宝贝呵!
你底母亲世上已没有一点希望了,
只希望你呵,希望你平平安安地长起来呵!
快点长起来,
长成一个很强健的人:
能够种稻,能够挑柴;
能够报养你底母亲。
天呀!求你睁开眼睛,
保佑我底宝贝呀!

呵,宝贝呀!
天公会保佑你的,
你好好地自己长起来;
你好自讨个极美丽的老婆,
你好自由地选择一个。
我既被人误了,

我决不忍再来误你呵!
但你千可万可,
总总不可像你爸待你妈这般,
待你底爱人呵!

睡罢!我底宝贝呀!
静静地睡罢,
快快地睡罢!
我心中底一切都告诉你了,
你仍旧得不着些安慰吗?

　　——此篇也许可作我母亲的写真;我作时泪便比诗先出而且比诗多了。

　　　　一九二二,一,十二。

灵隐道上

在到灵隐去的那条路上,
我们碰着许多轿子;
但我只留眼过一把。
轿夫底脸还没有洗,
可见他们底早餐也不曾用过了;
但这时太阳已很高了。
轿内是一个年青的妇人,
伊虽坐得很端正,
却睨着眼儿看看我们;
伊虽打扮得很美丽,
却遮不了满心的悲苦。
——于是我们知道
苦痛的种子已散遍人间了。

一九二二,三,二十九。

落 花

片片的落花,尽随着流水流去。

流水呀!
你好好地流罢。
你流到我家底门前时,
请给几片我底妈;——
戴在伊底头上,
于是伊底白头发可以遮了一些了。
请给几片我底姊;——
贴在伊底两耳旁,
也许伊照镜时可以开个青春的笑呵。
还请你给几片那人儿,——
那人儿你认识么?
伊底脸上是时常有泪的。

一九二二,三,十。

厨司们

厨司们都聚着在谈笑；
那个刚才死了妻的
独自俯着头儿默默地，
显然表出他是无神这个了！

    一九二二，二，二十五。

幽　怨

伊长日坐在房中哭泣,
群鸟怪好意的
唱起歌儿安慰伊。
伊反妒恨他们,
"你们倒有翼子,我怎样?"
伊用长竿逐鸟儿,
鸟儿去了,
只剩有静寂和悲哀。

　　　　　　一九二一,十二,四。

伊 在

（一）

伊在塘埠上浣衣，
我便到那里洗澡。
伊底泪洒湿了我底衣，
说洒湿了好把伊洗。
伊以伊底心洗在我底衣里，
我穿了好像针刺着——
刺到我底心底最深处。

（二）

一天伊在一块地上删菽，
我便到那里寻牛食草。
伊以伊的手帕揩我的汗，
于是伊底眼病就传染我了，
此后我底眼也常常要流泪了。

(三)

人们泪越流得多,
天公雪便越落得大。
我和伊去玩雪,想做个雪人,
但雪经我们的一走,
便如火烧般地融消了。
我们真热呵!

　　　　　一九二一,十二,七。

一 只

一只牝鸡被一只雄的强奸了。
伊底被践踏的呼喊底悲愤呵!

一九二二,二,二十五。

(以上十四首选自《湖畔》,杭州湖畔诗社 1922 年 4 月出版)

有水下山来

有水下山来，
　　道经你家田里；
它必留下浮来的红叶，
　　然后它流去。

有人下山来，
　　道经你们家里；
他必赠送你一把山花，
　　然后他归去。

十首春的歌

(一)

昨夜梦到她,
今朝被鹧鸪叫醒了,
我骂了鹧鸪又自悔,
还道是她叫它来的呵。

(二)

东边太阳西边雨,
鹧鸪唤得更急了;
遥望你底家在朝雾的山下,
攀了杨柳,捏了一把杨柳泪。

(三)

我走上了桥来,
在水里我知道我瘦了;
实在没有你在旁边,

所以"你又瘦了""你又瘦了"
　的声音也听不见了。

　　　（四）

昨天游了一天春,
今天却悔了——
不该对那酒摊上的女郎,
说那回来喝呀,回来喝呀,的谎话呵!

　　　（五）

路旁折了一枝李花来,
夕阳里看去是真美洁呀!美洁呀!
灯光底下却模糊不清地,
岂不是因我底眼饱含着眼泪吗?

　　　（六）

月夜里夜行真不便,
柳荫也太疏得遮不下人影了;
郎郎郎郎地唤着的狗呵,
　当真一点情面没有吗?

　　　（七）

每天的夜里,

我也并不希望别的,
我只要我丢于在空中——
在不知的空中会触着你底手。

  (八)

没有一株杨柳不为李花而癫狂,
没有一水不为东风吹皱,
没有一个恋人
不为恋人恼着。

  (九)

何处的种田鸟又登登地叫着了,
春是去得远了,远了;
送春去的风儿也要回来吧,
我又增了一层想念春的相思了。

  (十)

无绪的懊恼,
绊得我倒在床上了,
却连母亲也不宽谅我,
说这回的落床又是为女人。

你纵不能为我而停工作

当我在溪边游浪而你在捣衣的时候,
你纵不能为我而停工作,
还请你底木杵举得高些,
声音敲得响些:
因为这是一种暗示,
我自己会懂得。

当夜里我走过你底窗下的时候,
请你点着你底灯亮,
你纵不能留我宿,
还请你摇几摇你底灯光:
这是一种暗示,
谁也不会知道。

我们在聚集中彼此看见的时候,
你虽不好叫声我,
却请你多皱几下眉,
多横几个秋波给我:
因为我底心很玲珑,
接着你底情爱而能使人不知道。

愿良人早点归来

烘烘的雷声,
在我屋顶上作响,——
这时候,良人,你好狠心,
你丢我一人在家。
我不忍夺回乳头从儿子嘴里,
因他底嘴若空了,他便哭着叫爸爸;
我又急着,
看卧在山脚的干柴和干草,
我若不去束家来,便要给雨打湿。
你不在家,谁帮我忙?
良人,愿你早点归来!

烘烘的雷声,
快要催出雨来了,
良人不在家,
我和一只小羊没有两样,
我缩作一团,没有一刻不颤抖!
我愿这雨的时候,
良人长在家里,

那给风吹倒的豆藤，会有人去扶起，
给雨打落在路旁的麦穗，
也会有人去拾起。
我愿当雨时，在绿的稻田中，
有个穿蓑衣的农夫向我归来，
因我看见他，我便胆大，我便快乐。
呵，良人，愿你早点归来！

雨是过了，云是消了，
蓝蓝的天空，抹了些红霞，
鹊鸟从林里飞出，飞到原上歇下，
山水发到田里，
高田的水又溢到低田。
良人，我对你发誓，
这时，这山下只有一份农家，
这农家只有一个妇人，
到黄昏屋顶上也没有火烟发起，
她只抱一个小儿久立门口，
她向山儿，水儿，以及过路的人儿
　说尽她心愿，
她说，愿良人早点归来！

山里的小诗

鸟儿出山去的时候,
我以一片花瓣放在它嘴里,
告诉那住在谷口的女郎,
说山里的花已开了。

这深山中只她一个人

这深山中只她一个人,
她一个人在雾中奔逐,
她爱人从早上即出来,
她不知道到哪儿去寻找。

她忽然惊吓了,
却是一个打猎的少年在雾中问她:
"女郎,女郎,
这里可有麋鹿跑过?"

她听得是他,她便回答他:
"有呵,有呵,猎人!
这里有一个雌的,美的,
她满身带着麝香的。"

她听得是他,她便回答他:
"有呵,有呵,猎人!
这里有一个雌的,美的,
她带着麝香引诱你。"

老三底病

鸟儿叫着,
太阳从东方出来。
老三底爸妈,
打锣打鼓地忙着寻医生;
可是总医不好老三底病。
老实说,
医生是戴着野花在塘边浣衣服呀。

鸟儿叫着,
太阳走到了天中央。
老三底爸妈,
打锣打鼓地忙着寻医生;
可是总医不好老三底病。
老实说,
医生是戴着野花在山上摘茶叶呀。

鸟儿叫着,
太阳溜到了西山。
老三底可怜的爸妈,

打锣打鼓地忙着寻医生；
老三底病却更坏了。
老实说，
医生是坐轿抬出村去的新嫁娘呀。

猎 人

红日登山的时候，
他负起弓儿出游；
乘着轻风驾上箭，
　　飞呀，飞呀，
　　　空天中的苍鸟！

落日烧林的时候，
他吊着古剑归去；
剑儿拖地铮铮响，
　　接呀，接呀，
　　　扫落叶的少妇！

被拒绝者底墓歌

他死了，人把他葬在山里，
连他底幽恨葬在一起。
小山底脚下，靠着衰林，
是他底坟儿，低低的。

他底爱情未曾死；
也有春风在墓头吹来荡去。
只是那无情的樵女们
清丽的歌声，却总隔着林儿的。

将有一天，他以未死的爱情，
在墓上开放烂漫的花；
春风吹送出迷人的幽香，
他不能忘情的姑娘会重新诱上。

等她姗姗地步来撷花的时候，
花刺儿已把她底裙裳钩住了。
呵，他将钩住不放，
等她业已懊恼了。

（以上九首选自《春的歌集》，杭州湖畔诗社1923年12月出版）

汪静之

蕙的风

是那里吹来
这蕙花的风——
温馨的蕙花的风?

蕙花深锁在园里,
伊满怀着幽怨。
伊底幽香潜出园外,
去招伊所爱的蝶儿。

雅洁的蝶儿,
熏在蕙风里:
他陶醉了;
想去寻着伊呢。

他怎寻得到被禁锢的伊呢?
他只迷在伊底风里,
隐忍着这悲惨然而甜蜜的伤心,
醺醺地翩翩地飞着。

　　　　　一九二一,九,三。

定情花

伊开了一朵定情花,
由伊底眼光赠给我;
我将我底心当做花园,
郑重把伊供养着。

用我底爱泪洒伊,
用我底情热暖伊,
用我底歌声护伊;
于是伊更美丽了。

我们底
无限的生命,
借此互相了解着,
互相慰安着。

只是罪恶世界伤了我底心,
枯了我底爱泉
冷了我底情炉,
哑了我底歌喉。

神呵，赐我些罢——
爱泪情热和歌声呵！
不然，伊若是萎了，
我们将从此消灭呀！

一九二一，十一，十七，在一师校第二厕所。

我　俩

我俩幼小的时候,
在家乡同学,
无上地相亲相爱;
无论悲忧欢乐,
我的就是你的,你的就是我的。

我们游戏时,
或捉迷藏或打球,
我总卫护你,
你总帮助我。
我俩完全一气,
我俩底心已凝结成一个了。

我每每乘无人看见
偷与你亲吻,
你羞答答地
很轻松很软和地打我一个嘴巴。
又摸摸被打的地方,赔罪说:
"没有打痛罢?"

你那温柔的情意，
使我真个舒服呵！

有时你懊恼了，
故意不利害地骂着我，
我必低声安慰你：
替你理头发，
替你揩眼泪。
我觉得你底发如情丝，
你底泪如爱露。

我生平最不能忘的一次——
我年十五你十三，——
你底姆妈微笑对你说：
"我底娇娇，
今夜和哥哥同睡罢。"
那时你还不懂得什么，
我俩只互相爱着罢了。
那夜的亲吻异样甜蜜——
到于今还甜蜜——
哦！到死后还甜蜜呵！

爹妈替我们议婚，
据瞎算命的说，
又是八字不对，
又是生肖不合，

于是我们失望了:
我底爹妈替我定了我不爱的伊;
你底爹妈替你许了你不爱的他。

现在我孤旅在西湖,
归家会见你,
不能与你亲热了;
要讲些做作的礼节,
不能像从前那样不避嫌疑了。
回想起来,
多么悲伤呀!

你来信凄惨地说:
"我俩不能实现前约了!
我愿为你终身不嫁,
去做尼姑修修行,
来世再与你成双罢。"
我虽不赞成你底主张,
但是无法,只好忍着了!

我常走到之江边:
江水怎会这样多呢?
我尝尝他底滋味,
知道这是你寄给我的泪了。
你底泪不像蜜糖那般甜,
只像黄连那般苦!

我尽量饮你底泪,
你底泪就深深吻着我底心。
我看着水中的鱼儿,
羡慕他们两两双双地,
我愿和你变成一对比目鱼,
自自在在地游嬉。
但是,仅仅一个愿望罢了!

　　一九二一,十二,二十六。

谢 绝

伊底情丝和我的,
织成快乐的幕了;
把它当遮拦,
谢绝人间的苦恼。

　　　　一九二一,十二,八。

海 滨

数不尽的淡黄砂,
平斜斜地摊着。
我在砂上踱着,
砂在我底脚背上松松地盖着。
我把伊们当被褥,
躺着,想睡不睡地装睡着。
砂儿细软如"砂发",
我睡得说不出地舒服。
哦!我是睡在自然之慈母底摇篮里,
伊还唱着睡眠之歌慰我安睡呢!
听呀!
　溅溅潺潺澎澎湃湃和和曷曷极复杂的浪声洋洋地装满了我底耳鼓了——那不是自然底美妙的音乐?

砂上有美丽的石块与螺壳,
我弄着伊们游戏。
望去水天一片,
谁也分不出那是天那是水。

涌——涌——涌

海浪一阵阵起起伏伏地涌着又退着。

太阳要归去了；

云没有遮住他时，

他还用红橙橙的脸儿回头瞧着。

他想捉住浪头，

但是终于捉不住哟！

浪儿张开他底手腕，

一叠一叠滚滚地拥挤着，

搂着砂儿怪亲密地吻着。

刚刚吻了一下，

却被风推他回去了。

他不忍去而去，

似乎怒吼起来了。

呀！他又刚愎愎地势汹汹地赶来了！

他抱着那靠近砂边的小石塔，

更亲密地用力接吻了。

他爬上那小石塔了。

雪花似的浪花碎了，——喷散着。

笑了，他快乐得大声笑了。

但是风又把他推回去了。

海浪呀！

你歇歇罢！

你已经留给伊了——

你底爱的痕迹统统留给伊了。

你如此永续地忙着,
也不觉得倦么?

一九二一,四,二十四,午后四时,
　　　于舟山群岛之普陀岛。

过伊家门外

我冒犯了人们的指谪,
一步一回头地瞟我意中人;
我怎样欣慰而胆寒呵。

　　　　　一九二二,一,八。

忠 爱

我曾允许赠那小姑娘一朵夜合花,
今天特意带了花去找伊;
岂料我要找的人已无踪影了,
另外一位小姑娘几番向我讨,
但我终于不愿给与伊;
我硬起心肠任我底花萎了!

　　　　一九二二,四,二十三,于湖州。

伊底眼

伊底眼是温暖的太阳；
不然，何以伊一望着我，
我受了冻的心就热了呢？

伊底眼是解结的剪刀；
不然，何以伊一瞧着我，
我被镣铐的灵魂就自由了呢？

伊底眼是快乐的钥匙；
不然，何以伊一瞅着我，
我就住在乐园里了呢？

伊底眼变成忧愁的引火线了；
不然，何以伊一盯着我，
我就沉溺在愁海里了呢？

一九二二，六，四。

换 心

伊智慧的眼波逗溜着觑我,
伊要我猜猜伊底眼做的什么意思。
"叫我替你拟头发么?"
伊抿嘴笑着摇摇头。
"叫我拥抱你,接吻你么?
叫我替你撷勿忘草么?
叫我去……"
伊开怀地抢着摇手说,
"都不是,都不是。"
"那么命令我做什么呢?
我没你那般能干会猜呵!"
伊笑得不可遏止,
忸怩地伏在我胸前,
双手箍着我底颈,
晶莹的眼看进我底眼说:
"要你和我换一颗心呵!"

　　　　　一九二二,六,四。

祷　告

我每夜临睡时，
跪向挂在帐上的"白莲图"说：
白莲姐姐呵！
当我梦中和我底爱人欢会时，
请你吐些清香熏着我俩吧。

　　二一，十一，廿二，于枕上。

芭蕉姑娘

芭蕉姑娘呀,
夏夜在此纳凉的那人儿呢?

一九二一,十一,二十四。

我都不愿牺牲哟

伊锁成一字愁眉,
沉溺在忧闷之海里。
伊低头懒洋洋地弄着衣角,
我望着伊那双
　明慧晶莹含情的眼睛,
看着伊那由伊灵魂里出来的甘露,
——我想饮了他。

伊是个呀——爱之女神!
我怎忍得住
　伊那呈爱的表情的面庞?
伊是我灵魂底安慰者,
伊是我生命底寄托者,
我没有了伊,
恐怕再也活不了了!

我无论那一刻都爱恋着伊——
心底里流露着极高度的爱,爱恋着伊。
我很愿望伊如我爱伊般爱我;

但我不该想伊爱我,
我不敢想伊爱我!

我还有一个伊——
仅是爹妈底媳妇——
我和伊是不自然地牵合着,
爹妈不允我割离伊。
我是微弱无力者!
我纵有力……
那末,父底爱母底爱永沉没了!

"宁可牺牲老辈,
不当牺牲少年底将来。"
这是大哲学家示给我的话,
恕我不能这样做到哟!
呀!我牺牲那个呢?
——他们底爱么?
——伊底爱么?
唉!我都不愿牺牲哟!
我都不愿牺牲哟!

一九二一,八。

月　夜

我缓步在月光里，
累人的伊使我恋着再恋着，不间断地。
玉洁的月呵！
没有那一个不默默地赞美你。
你能照透万象，
为何不将伊底影
照来以慰我怀呢？

伊底眼看入我底眼，
连羞带笑地说，
"你赠我你做的那个，
我非常珍爱。"
当我在此遇见伊的时候，
这是快慰不过的相会啊！

这游木是伊常走的，
这蔷薇花下是伊常站的，
这草地是伊和小孩玩耍的。
这些都变成我所爱的了——

我爱走伊所走的游木,
爱站伊所站的蔷薇花下,
爱玩伊所玩的草地。
我凄凉地对着这些,
恍惚看见伊在游木上走,
　在蔷薇花下站,
　　在草地上坐。
但待我走过去,
却又看不见伊呀!
那里看得见伊呀!

我时时注意着伊——
伊婉淑的姿态,
伊娇嫩的言笑,
伊轻妙的步声,
都给我玩味纯熟了。

伊底神秘都用伊底
　含情的眼睛诉说:
伊每一"回头觑",
　每一"凝眸送",
都能使我心服。
啊!伊底眼睛是怎样柔丽啊!
伊底命令仿佛圣旨,
我怎耐不唯命是从呢!

我那次关不住了,
就写封爱的结晶的信给伊。
但我不敢寄去,
怕被外人看见了;
不过由我底左眼寄给右眼看,
这右眼就是代替伊了。
唉!假使,或真使,
爹妈们允许了,
那么,我只借此而乐生啊!

一九二一,十,八。

别　情

爱我的我底你呵，
温柔到比柔还柔的你呵！
你底丰韵是怎样地娟逸，
怎样地——说不出呵。
世界上没有什么能形容你了。

你知道我在接吻你赠我的诗么？
知道我把你底诗咬了几句吃到心里了么？
你从诗中送我的情爱，
更醉得我醺醺然了。

我昨夜梦着和你亲嘴，
甜蜜不过的嘴呵！
醒来却没有你底嘴了；
望你把你梦中的那花苞似的嘴寄来罢。

我昨夜梦中得着你一封信，
信中的字看不明白，
只隐隐约约有些"爱"字；

望你把梦中的信重写清楚罢。

我睡觉时,看见帐顶上有个你;
我饮茶时,看见杯中有个你;
我看书时,看不见书中的字,只见个你;
我上课时,看不见教师在黑板上画的算式,
　只见个你;
…………
你为甚东躲西藏,
只给我看见不给我捉住呢?

你爹这几天在家不在家?
我时时想来看你,
但我怕尝这样别离滋味;
我至于不敢和你相见了,
见了再用什么法别离呢?
不,别离虽是苦痛,
但是甘美的苦痛呵!
我叫我底魂今夜来看看你,
请你预备迎接着罢。

　　　　　一九二二,四。

一片竹叶儿

溪边的小石竹,
恬静地微笑着。
我顺手扯了一片竹叶儿,
爱护地含在嘴里;
又怕咬坏了伊,
重新插伊在头发里。
可恨没有插紧,
一阵风把伊吹落水田去了。
我想去拾伊回来,
怎奈满水田的泞泥呢?
大概惯例如此罢——
牛儿来犁田的时候,
蠢呆地踏伊一脚,
于是伊埋没在污泥里,
永世,永世不能见天日了。
或者呵,
或者有善的风从泥里吹伊起来罢。
呀!倘能从泥里吹伊起来呵!

　　　　一九二二,三,十一。

蝶儿与玫瑰

怪忙怪快活的蝶儿，
款款地飞在玫瑰花上。
他纤细的脚差不多站上花瓣了，
那含妒意的风从容吹来，
玫瑰花就被摇动着了。

他不住高高低低地飞，
从一花飞到一花；
才飞到花下，
又飞到花上。
后来一飞飞到初开的花里，
他和花蕊接吻十分和畅。
他仅仅舔了少许花汁，
那无情的风硬逼他俩分手了。

风更是暴怒了，
摧着花儿碎碎纷纷地飘零。
蝶儿禁不起风打，
但他仍要依依缠着被侮辱的花片儿眼巴巴地

瞧着。

他越发栩栩地飞得忙煞了。

一九二〇,十二,十四。

月月红

月月红在风中颤抖,
我底心也伴着伊颤抖了。

一九二二,一,九。

在相思里（七首）

（一）

我寄给伊无数个相思，
只是被阻碍了寄不到头呵。

（二）

偶然想到伊唱的歌曲，
耳里便响着醉人的歌声了。

（三）

不息地燃烧着的相思呵。

（四）

伊那娇波一转，
伊底春意就温润了我了。

（五）

那怕礼教的圈怎样套得紧，
不羁的爱情总不会规规矩矩呀。

（六）

于今不比从前呀——
夜夜萦绕着伊的，
仅仅是我自由的梦魂儿了。

（七）

伊底娇嗔里，
潜蓄着亲和的微笑呢。

一九二二，一，八，——二，七。

乐 园

在诗的早晨，天上染着玫瑰色的晨曦，空中荡漾着爱的气息，地上铺着春的欢乐和喜笑。男孩女孩们，都从花瓣草叶织的床上起来了。他们饮了群芳髓，吃了秘情果，大家开始游戏。游戏就是他们底工作——他们底游戏是有诗的意味的。

他们没有衣裳遮饰，只用一条稀薄的湖色轻纱披着。他们底温柔的洁白而微现桃红的情趣的身体完全裸露着。

他们清润地宛转地唱歌，声音袅袅地在空中飞扬；不但听起来悦耳，就是嗅起来也香馥馥地怪有味。他们一对对地舞蹈，神情潇洒地跳跃着，轻飘地波动着，蝴蝶般翩跹地飞舞着，——我底灵魂也跟着他们飞舞上天去了。

今天玉蜻蜓和忘忧草最愉快。他们俩歌舞之后，两口儿手牵手臂挽臂地走到碧翠的草茵上坐着。伊娇憨地沉吟了一下，款情的眼睛望着他情切切地说："你已经充满在我心里了，我说不出地爱你呵！我愿和你两人的人格融合，结成一个呵；你能允我底要求么？"他很高兴地赶快回答伊："我也正要这么要求你呢。你对我的恰恰是我想对你说的呵。"伊乐得什么也似的，不期然妍倩地微笑着了。他俩情投意合，紧抱着尽情地甜蜜地接吻。于是，两个灵魂并作一个了，两个丰润酥软的肉体亲热地贴着合作一个了。他俩就是这样自由而自然地结婚了。

　　这里布满了幸福，决没有可忧恨的不祥的命运。这里只有美好的春天；没有暴弱的夏天，刻薄的秋天，和严酷的冬天。这里的人们永久是小孩子，他们彼此互相亲切和爱；没有生产和死亡，也不见欺诈，嫉妒，争斗的事情。总之，这地方无一样不适意的。

　　自古至今未曾有一个谁到过这里。因为人类太愚蠢，自己瞒了自己底眼睛，所以找不到开这里的门的钥匙。

一九二二，五。

母　亲

没有了儿子的母亲，
闷在凄惨的家里。
伊想起伊那玲珑的死去的儿子，
就不止地滴呀滴地流泪了。

邻家的小孩笑嬉嬉地走来，
天真的神情现在伊眼前，
伊底愁苦顿时消散了。
伊亲亲热热地搂着他亲吻，
亲了又亲，
伊脸上现出多年不曾有过的笑容了。
小孩撒娇地跑去了，
伊暂时的快乐也跟着跑掉了。

伊无聊地开开尘封的箱，
抱起伊底儿从前玩的耍孩儿；
伊和它亲吻，
正如和伊底儿一样。
它底面上尚存伊底儿亲吻的痕迹，

伊觉得还有伊底儿底吻香呢。

伊将待伊底儿的情待它,
高兴地和它游玩,
亲切地和它谈话:
"我底儿呵!
我爱你,爱你……"

一九二二,三,二二。

热 血

我底兴奋的热血,
痛快地浇那枯槁的蔷薇;
它就从死里再生,
喜笑地开着美妙的花了。

我底兴奋的热血,
痛快地浇那冻结的冰山;
它就由寒冷里温暖转来,
兴高采烈地做着愉快的跳舞了。

我底兴奋的热血,
痛快地浇那死了的人心;
但它不由恶毒变做善良,
也不欣欣地生长情爱的芽根!

一九二二,二,十三。

被残的萌芽
——吊私生子

一粒上帝下的种子,
给人间伤害了!
你所奉的旨意,
不能如愿施行了。
哦!何止呢?
何止你呢?
数不清的千千万,
算不明的万万千呀!

你爹妈底纯洁的爱,
好好造成了你,
你就从姆妈底心上
渐渐萌芽起来了。
你是他们底心肝,
他们怎忍抛弃你,
无奈人间恶毒的诅咒,
他们只得含着无可挽救的泪,
很不情愿地杀死你。

你怨他们么？
别怨罢。
还不是人间底罪孽么？

人们不算你是人，
不承认你有爹妈，
不许你爹妈生你；
并且——
你爹妈也不敢说
你是他们生的。
你没人管的婴儿呀！
你真的没有爹妈么？
不问他怎样，
这世界该有你底爹妈罢。
你终是世界一个儿子罢。

你那玲珑的神态里，
浅浅微微的笑涡里，
蔷薇花苞似的嘴唇里，
丰满的小圆脸里，
光光的星眼里，
纤纤的丝发里，
肥嫩嫩的胸里，
藕弯弯的手臂里，
白晶晶的脚腿里，
你完全的一切里，

都潜藏着你未来的
享不尽的光荣的快乐。
但是都同轻烟浮影般散了,
捉不住挽不回了。
就是冥冥的现世,
也够闷死你呀!

爱你的你爱的爹妈。
何尝不这般愿望——
喂你用甘露的乳,
眠你用慈爱的怀,
育你用高尚的人格,
教你唱愉快的歌,
见你花苗般长了——
何尝不这般愿望?
只是这愿望不能愿望,
终变成失望了!

算了罢!
你索性如此罢。
何须留恋呢?
倘然你跟着前人底脚踪儿,
懵懵懂懂地活着,
糊糊涂涂地闹着,
混混沌沌地死了,
这又何必呢?

不，不是——。
你自己决不会上那故辙；
即使你做了，
也是环境逼你的。

也许你将来
在世界的花园中，
开上灿灿烂烂的
光彩耀天的花：
把丑丑恶恶的，
点缀成锦锦绣绣的；
把臭臭浊浊的，
熏酿成香香喷喷的；
把扰扰攘攘的，
感化成亲亲爱爱的。
那时上帝也微笑赞扬你：
"这么遵我底吩咐，
才是我宠爱的儿子了。"
奈何人间不容你，
硬把你挤到世界以外去了！

　　　　一九二一，十二，四。

荷叶上一滴露珠

碧翠的荷叶,
捧托着一滴晶莹的露珠,
自在地凝神着
在这悠然雅致的池面。
有小鸟底欢愉赞美歌
送出自池边的树上:
"啊!洁净的露珠,
你这么银样的光明啊!
你呀,是爱的精髓啊!
荷叶忠诚地爱护你,
你们好一对美乐的啊!
但愿你变化作许多许多滴,
去传播给每个人饮罢。
那么可以开些爱的花,
结些爱的果了。"

荷叶抖颤在微风里,
露珠优游地滚着。
暴雨是毫不放松地打着,

给池水扰得污浊了；
伊终于堕在水里，
他败得没气力了，
也难堪地倒在水里。
这是小鸟的悲哀的挽歌了：
"神仅造了这一滴爱的精髓，
不仁的恶魔竟给摧残了哟！
但是露珠呀，
你忍耐着罢！
你底本质依旧是
银样的光明啊！
我去恳求神杀了恶魔，
又造许多如你一样的，
那时你们再去传播给每个人饮罢。
爱的花终要开的啊！
爱的果终要结的啊！"

　　　　　　一九二一，十，十六。

于是诗人笑了

微笑的晨光,
像诗一样地流着,
蜜蜜地吻着浑大的世界,
吻着晨兴的年青的诗人;
一切都蕴酿着笑意,
含着超越的清快。
于是诗人笑了。

他环视各各都凝着
平和与安宁。
乐趣沸在他底心头,
忍不住地经过他底唇边和靥间,
眼里和眉上,
从容地涌现出来。

诗人随便什么都忘着了,
这是再丰美没有的慰藉啊!
世界的清快更超越了,
于是他又随意地笑了。

一九二一,十,十六。

潮

潮,腾,翻腾,腾起,
爬,爬,爬上,上进,
滚滚,涌涌,喷,
跳,跳,跳,跳舞,
起劲,起,起劲!

一九二二,一,五。

谁料这里开了鲜艳的花呢

使人不经意的嫩芽，
生在荒废的瓦砾里。
人们无所顾惜地
抛弃垃圾唾涕在他上面，
几乎毁灭了他底生之力。

他被压得疲困极了，
身上遍涂了污秽的痕迹。
但他只是拼命地，
从乱堆里努力伸出。

后来雨赐洗礼给他，
洗得他洁净了。
太阳赐他生命之光，
他就笑嘻嘻地
开着香美的花了。

"谁料这里开了鲜艳的花呢？"
人们欣然注意着说。

一九二一，十，十六。

孤傲的小草（六首）

（一）

孤傲的小草，
虽然给欺侮了，
但孤傲仍旧存在。

（二）

用热泪洒活暴徒底良心呀！

（三）

不和善的蚊子呀，
请饶赦我罢，
我们都是伴侣呢。

（四）

你喜欢作恶，

只得作你的罢:
请勿当做遗产传给子孙呀!

　　　(五)

小鸟从夜那边逃到日这边,
侥幸地说,"好了,得其所哉!"

　　　(六)

小鸟乐不可支地
跳跃着生命的韵律呵。

　　一九二一,十一,二十四,——十二,二十五。

蓓 蕾

蓓蕾们密说着,
商议了一会,说:
"不相干,
开——仍旧要开;
只要嘱咐他们,
不许再来践踏好了。"

　　　　　一九二二,一,五。

孤苦的小和尚

玄空阴沉的庙宇,
排放着许多庄严的神像。
我探步进去,
周身就浃了冷酷的恐怖。

庙里一个小和尚,
我问得他刚十七岁,
他被卖在这里十多年了,
生他的母亲和故乡他都不知道。
他从幼听见人说,
那庙后的石塔是他底父亲,
塔旁的大树是他底母亲。

他只有痴痴的眼光,
瘦弱的身体,
忧郁的面容,
倦懒的姿态。
但因了他那未尽埋没的余残天真,
可以看得出他是秀雅,

他是美妙，
他是伶俐，
他是活泼的年少。

妇人在神前叩头，
他喃喃地念着经，
却又用羡慕的神态和希求的眼色偷对着伊。
妇人祷毕去了，
我怜惜地望着他：
"你孤寂苦恼么？
谁给你尝的？
你情愿么？
呵！一个女子，恩爱的伴侣，——你想么？
可怜你一个无父母的孤苦者，
你思念父母么？
哦哦！你父母在庙底后面。
但是，你底爸爸，那个石塔，也来拥抱你抚慰你么？
你底姆妈，那根大树，也来亲吻你乳育你么？
你可怜可爱的小兄弟呵？"
他一句正确的回答也没有，
不过自卑地带一点不敢的笑容。

一九二一，八，二十八。

蟋蟀音乐师（五首）

（一）

蟋蟀音乐师呵！
我的生命干枯了，
请你唱支甜美的歌罢。

（二）

没有主人管束的
自在地在空中游游的灰尘呵。

（三）

夜幕兜上心来，
愁郁也偷偷地钻来了。
但月色能替我洗涤吗？

（四）

伸起罢，被践踏的灵魂！

难道情愿葬了这一生?

(五)

自古以来的人类,
这样机械地活着,
再没有比这厌倦的了!

　　　　　一九二二,二,八。

心的坚城

愿我底热情,
掀起万丈波涛,
汹涌着冲倒那坚城,
隔开人与人底心的坚城。

　　　　　　一九二二,一,五。

被损害的

被损害的莺哥大诗人,
将绝气的时候,
对着他底朋友哭告道:
牺牲了我不要紧的;
只愿诸君以后千万要防备那暴虐者,
好好地奋发你们青年的花罢!

    一九二二,二,二。

诗的人

假如我是个诗的人，
一个"诗"做成的人，
那末我愿意踏遍世界，
经我踏遍的都变成诗的了。

一九二二，四，二。

西湖杂诗（二十九首）

（一）

这一湖是西子底情泪么？
是伊底芳春之乳么？
伊底乳醉了世人底心罢？
伊底泪洗清了世界底污罢？
呵！让我喝一些伊底乳呀！
让我喝一些伊底泪呀！

（二）

山是亲昵地擒着水，
水也亲昵地擒着山。
湖儿，伊充满热烈的爱，
把湖心亭抱在心里，
荡漾着美的波浪，
与他不息地接吻着。
东风来看望伊，
柳儿拱拱手弯弯腰地招待着。

（三）

北高峰给我登上了，
凭栏极目四天空，
指点着这里——这；
　那里——那。
哪！白带样的之江湾在那儿。
之江之水呀！
你是何时出发于黄山呀？
你还存在着瀑布水的冰凉甜蜜的味儿么？
还存在着温泉的暖温的热度么？
黄山底兰蕙依旧着花了罢？
我底妈愁念我的泪儿，
已给你一齐带了罢？……

（四）

大地沉沉睡去，
夜是死一样地寂静。
D字样的月儿独自来拜访。
和蔼的脸对着湖儿说：
"好了，吾爱！
天公放我来见你了。"
伊笑盈盈地欢迎着；
没有回答，只是轻轻地痴笑。

月儿把湖当浴盆,
跳在清水里很快乐地洗浴。
恶狠狠的风来了;
黑漆漆的云把他俩截开了。
湖水被吹激起来,
发出如泣如诉的凄切声音了。

(五)

"吹面不寒杨柳风"——
柳儿殷殷勤勤地鞠躬着。
闲静的田间的菜花谢了,
花瓣偷偷地落下——
落得满地尽是黄金。
无一个听得着伊们着地的声音。
对对的蝶儿,
痴痴地看着落花,
兢兢地担着心肠。
踏春的人只顾踏着,
伊们就被踏陷入污泥了。

(六)

珮声爬在树上,
冠英靠着树站着,
坐在他前面的是悔也和仰之,

倚着他们躺着的就是我。
我们都津津有味地谈着——
眼望着美化了的天然的湖儿：
湖水清莹澄澈，
宛然是一架明净的玻璃镜子。
放在施女神底妆台上，
好照伊那腻润的娇滴滴的容颜。
不意平空刮了一番风，
就吹破伊底镜了。
呀！你不要吹呀！
伊要用来梳妆哪！

(七)

我亲爱的父母，的姊妹，的朋友呵！
你们知道我正在湖上浏览吗？
这景致煞是美呢。
我真个想把伊寄给你们玩赏；
无奈邮局不允我底情，
不能为你们增眼福呵！

(八)

那船上一个小姑娘，
怕怯透过布帆的日光，
用一条粉红花手巾，

蒙着伊粉红的脸。
我几乎要叫出来：
"不要蒙着罢，
你还不曾做新娘子呵！
哦！你要掩了你的羞么？"

（九）

辛苦的轿夫搬运着上等人，
抬得汗流气喘了。
沿路都是叫化子的悲痛之呼声，
我底听觉实在不忍领受呀！
上等人瞥也懒瞥他们一瞥，
只不过丢些铜钱罢了。
我探探袋里还有几个大，
不由得不掏给了他们。
我又问问自己底心：
这就算是你发慈善心么？
就算是你救苦命么？
你想用钱驱逐他们勿来扰你么？
你想买他们勿做厌耳之声么？
他们明天又没饭吃了，
你天天有的供给他们么？
无量数的苦百姓，
你能去了他们个个底苦么？
你肯牺牲你底必需——非裕余——的一切么？

——这一问问得我好不难过!
我底眼痴呆呆地起来了,
脚慢钝钝地起来了。

(十)

我们都"落湖"了——
坐在纺锤式的小船里,
船公每划一桨,
就漩回了一个笑涡,
浮出了一朵白水花,
勿论划无数桨,
就成了无数笑涡与水花,
富于艺术的船公呵!
我愿你永远造这般的笑涡,
更愿你永远造这般的水花。

(十一)

燕儿巡着水面,
回环地飞着,
高高低低地飞着。
有时翅膀拍着湖儿底脸,
把水花向上吸引着。

（十二）

柳阴下的勾背"老官"，
踞在那里垂钓：
他忽然把钓竿急迫地一举，
一个半来尺长的鱼
受了饵物的催眠，
被他骗出了伊底极乐之国了。

（十三）

敏慧的鸟儿，
宛转地歌唱在树上；
伶俐的鱼儿，
活泼地游戏在水里。
树上水里两相望，
只是永无携手时！

（十四）

绉了的黝绿的水，
平平坦坦地铺着。
浪纹漪漪地，
柔波滟滟地，
活像一幅锦绣绫罗。

这是谁织的呵？
是施女神的十指纤纤的手儿织成的么？
是伊做衣用的呢？
做裙用的耶？
还是给我做袍用的罢？

（以上十四首作于一九二一年春天）

（十五）

我逛着 S 形的草路，
手掠着路旁齐腰高的绿草。
那里啼着断断续续的杜鹃声？
你不舍青春归去么？
烦你来唤住伊么？
司春之神呀，
你要把一切春化的伊们领回深闺了么？
那云边的小鸟呀！
你飞到那里去呀？
你请追回春罢！
哦！我还要托你去到我底伊那里呢：
把我底心带去给伊呀！
把伊的带来给我呀！

（十六）

我站在幽闲的林中，

垂头静静地沉思着。
丝丝丝丝的情绪，
低低低低地只是沉下去。
箫声自湖上飘来，
敲得我底心情放荡起来了。
何等悠扬的箫声呵，这是！
哦！我底心呀！
你和箫声化合着，
去缠绕着你所爱的人儿罢。

（十七）

横一行直一行的竹儿，
低头亭亭地立着。
东风——西向；
南风——北斜。
喂！你向谁点头呵？
是向我点头么？

我攀着翠竹，
我坐着浓荫，
教伊做我底伞，
遮了这已热未酷的骄阳。
继续着着花的蕙花，
怕人的样儿躲在竹儿底脚下。
伊含羞着微微地摇摇，

是在笑吟吟地招我了？
伊底幽香握住我底灵魂，
我底灵魂给伊熏醉了。

（十八）

我酥懒得好倦，
卧在草地上仰着头：
看哪！
那朵朵的云，
直是朵朵的花呵！
天上美丽的花呀，
你来罩着我睡罢。

（十九）

朝晖染在水里，从湖心亭底帘隙中反射进来给壁上挂着的"西子捧心图"披上了一朵朵红红紫紫色色相溶的美化的鲜花。

伊看看自己，确是美丽无比了；伊几千年来颦着的眉，蹙着的额，都开展了，——微微地笑着。

刹那间，光明的花隐去了，于是那个颦仍旧踞到伊脸上来。

（二十）

美妙的荷花

你那血红的色，
是我底情之火把你燃烧着的罢？
我赞美你——
赞美你是宇宙之精华呵！
宇宙的蜜意你都含着在。
露水与你接吻，
你脸上就透出新胭脂了。
呵！好不鲜艳呵，你哟！

（二十一）

卷起竹丝帘子，
放进一些些凉意，
吸饱了湖光山色；
我每一个细胞都爽快了。

（二十二）

绿浓浓的叶衬着红淡淡的花，
高兴地在湖中蹈舞——
彩花映在柔碧的水里，
微风吹起绿波，
荷花弯一弯纤腰，
映得绿里翻红，红里翻绿：
我底心海之花呵，也舞起来了！

（以上八首作于一九一一年夏天）

（二十三）

我崇拜的西湖呀！
冬天苛待你，
你底命运就阴郁了！
但你春天的微笑，
你春天的芬芳，
你春天的佳丽，
依然秘密地溶在我底心神里呢。
你放心罢！
我要为你保守，
直至我底生命底最后；
并且和我一道葬入坟墓去。

（二十四）

山这般素淡，
湖这般清静，
风姿更觉闲雅了。
莫不是去年和伊同游的时候到了？

（二十五）

千朵万朵的雪花，
颠颠倒倒地落在湖里，

即刻就消化沉沦了。
我凄切地想着：
假如——
这些雪花幸而不薄命，
重重叠叠地堆满湖上，
那末，这银湖儿将怎样优美呵。

（二十六）

我想起去年的梅花，
就去探探伊们开也未。
跑到孤山梅树旁，
见一人刚采下一枝，
树上已空了。
可惜只有这第一枝呵！
我于是怅惘得说不出。

（以上四首作于一九二一年冬天）

（二十七）

我们正游玩在野地上，
讨厌的雨敲断了我们底游兴。
我们前去躲躲雨罢：
竹君跑得好快呵，
我赶去扶着伊罢，

担心着伊滑一交哪。

满路的泞泥呀,
你何苦阻碍我底脚?
路旁的荆棘呀,
你何苦牵制我底衣?
我非常疲乏了,
但我底热望没有疲乏呵!

一九二二,三,十二。

(二十八)

我自早晨游到黄昏,
我底躯壳归来了;
但我底灵魂已被沿岸的柳丝系着,
深深沉入西湖底去了。
灵魂呀!
我愿你从今葬在西湖底,
不愿你重复返人间!

一九二二,四,二。

(二十九)

我们团坐在草地上,

摆开带来的面包,
(这是当做游山的午餐的)
我们每人分一股,
也分一股旁边卖甘蔗的小贩子;
他觉得这是奇而又奇了,
他永不曾见过这样的事体。

    一九二二,四,十一。

西湖小诗

(一)

夜间的西湖姑娘,
被黑暗吞下了:
终不能见面,
虽然大睁着眼尽瞧。

(二)

保叔,雷峰遥遥相对,
为什么不能握手?

(三)

湖心亭呵,
你只懒懒地坐在水里;
为甚不跳得高高地——
跳到南高峰北高峰去耍子呢?

(四)

韬光底竹儿们,
都手携手,肩并肩地私语着。
但为甚不泄漏些儿给我听听?

(五)

竹小姐呵,大方些罢!
何必藏着脸儿羞笑?

(六)

林诗翁呵!起来梳洗罢,
梅花夫人等着你同伴去游春呢。

(七)

梅花姊妹们呵,
怎还不开放自由花?
懦怯怕谁呢?

(八)

竟也跑上初阳台了:

天空何爽朗!
胸怀何荡荡!

(九)

玉泉底鱼朋友呵,
我替你开一道火车到西湖,
让你去游嬉湖世界,
好不好呢?

(十)

小青女士呵,
一湖碧水洗清了你底愁恨没有?

(十一)

娇艳的春色映进灵隐寺,
和尚们压死了的爱情,
于今压不住而沸着了:
悔煞不该出家呵!

(十二)

里湖,外湖因为国界争吵了;
葛岭先生呵,去帮他们请和罢,

叫他们撤消了国界罢。

(十三)

阮公墩和湖心亭烈热地爱着,
不至于不能自由结婚罢?

(十四)

你不羞耻么,岳飞——
你底同胞,秦桧,囚在你面前?
可怜见,放了他罢!

(十五)

蛙的跳舞家呵,
你想跳上山巅么?
想跳上天罢?

(十六)

我找不到一个伴侣在三潭印月,
真个寂寞煞人也呵!

(十七)

我在母亲怀里就羡慕着的西湖,

可恨拜望得太迟了；
于今结了一场亲密的交情，
可喜这宇宙里有了我们不灭的友谊了。

　　一九二二，二，八，下午二时。

我们想（儿歌）

我们想，
生两翼，
飞飞飞上天，
做个好游戏：
白白云，
当做船儿飘；
圆圆月，
当做球儿抛；
平平的天空，
大家来赛跑。

一九二一，十二，七。

向乞丐哀求

不要太自谦了,
山路旁的乞丐呵!
你这样富有——
有田野的香味,
有委婉的鸟歌,
有青翠的草木,
有艳丽的山花——
你尽可骄傲了。
我们这些游客,
其实真是穷小子呵!
你反向我们乞怜,
我们有什么配送你呢?
我们诚恳地哀求你,
请你宽恕久溺苦闷的我们,
让我们享乐你底自然的山园哟!

一九二二,四,二,偕修哥游吴山时。

小孩子

我满心快意,
想招那小孩子和我游戏,
但他只自顾自地
背了他底面孔不理我。
真无计可施了,
我只得掏了两个铜子给他,
他就笑嘻嘻地亲近我了。
于是我底快意改做悲意了:
不幸的孩子呵,
被人间剥了真与善的孩子呵!

　　　　　　一九二二,四,十一。

两样世界

快乐的小雀们，
一齐出了窠，
舞蹈的——舞蹈，
唱歌的——唱歌，
咭咭地笑得高兴呵。
他们底爹妈看见了，
奖励地鼓掌称赞；
他们更其起劲了。

快乐的小孩们，
一齐做人家，①
舞蹈的——舞蹈，
唱歌的——唱歌。
嘻嘻地笑得高兴呵。
他们底爹妈看见了，
严肃的脸赶走了他们的快乐；
他们骇得啼哭了。

一九二二，四，十一。

---

① "做人家"是我们绩溪小孩们模仿家庭事的一种游戏；扮起父，母，子，女，新郎，新娘子等人物做日常生活。

赠 糖

瓜皮艇里天真的女孩儿，
娇憨地偎在伊妈妈怀里，
妈妈底慈祥罩着伊。
我不觉地把我将要吃的几块糖抛给伊，
几次都误投水里了。
伊未得到我底赠品，
伊底笑容已表无限的谢忱了；
伊旁边的严厉的爸爸，
却给我一个"不以为然"的眼色了。

　　　一九二二，四，三，伴修哥游南屏山时。

送你去后

送你去后的我,
是失落了心的人儿了。
我底心跟着你去了,
我只是满肚烦乱呵!

愁时,没有你慰我了;
喜时,没有你吻我了;
睡时,没有你并着头;
梦时,没有你抱着腰。

好哥哥呵,
我恋恋不舍的哥哥呵!
你心爱的人儿要哭了,
于今没有了一个心了。

一九二二,四,七。

自　由

我要使性地飞遍天宇，
游尽大自然的花园，
谁能干涉我呢？
我任情地饱尝光华的花，
谁能禁止我呢？
我要高歌人生进行曲，
谁能压制我呢？
我要推翻一切打破世界，
谁能不许我呢？
我只是我底我，
我要怎样就怎样，
谁能范围我呢？

　　　　　一九二一，十二，二十。

生生世世

生生世世的人们,
只忙着做新坟墓的候补呀!

　　　　　一九二一;十二,二十。

游宁波途中杂诗

（一）

面面的山都旋转着，
宇宙万象尽管送来，
——集中于我底眼球。
车旁的电线杆霍霍地闪过。
你们竞走么，电线杆呵？
你们好不跑得快呀！
谁都赶不上你们呀！

（二）

许多石牌坊——
贞女坊，节妇坊，烈妇坊——
愁恨样站着；
含怨样诉苦着；
像通告人们，
伊们是被礼教欺骗了。

（三）

锣鼓敲着；
纸扎龙舞着；
三角旗儿撑着；
菩萨放在轿里抬着：
大概是乡间做菩萨会罢？
但是，乡人呀！
神给了你们些什么？

（四）

农夫监着苦力的牛，
牛拖着沉重的犁。
另一个农夫坐在坝上的树下，
吸着旱烟休息。
一个十来岁的乡下姑娘，
牵着白羊牧着。
几个赤足的孩子，
骑着竹马，
唱着村歌游戏着。

（五）

村妇底老黄的手抱着嫩黄的小孩，

小孩底两个圆大乌黑的眼睛

灵活活地一眼射着我们

显出惊异的神气；

"快呵！……看呵！……快呵！……"

——不住地，小嘴这么喊着。

　　　（六）

瞬间的景色飞快地只是闪，

那有这样会画画的画家能画这幅活图画？

唯有我底眼睛，

已经摄下他们任何的相貌了。

　　　　　一九二一，四，二十一，于杭甬路车中。

归 燕

桃花开始含笑了,
燕儿做客归来了。
带了些什么来呢？
海里的珍宝么？
和暖的春情罢？

一九二二，二，八。

尽 是

尽是失路的鸦儿,
徬徨于灰色的黄昏。

一九二二,二,六。

慰盲诗人

你若看见这个叫人闭目塞鼻的世界,
你将必自幸是个瞎子呢。

一九二一,十一,十九。

园　外

我站在花园外，
眼睛配着墙洞往里瞧：
呵，芙蓉花！
开得好不美妙！
伊飞红着脸，
抿着嘴微笑。

我恨不得跳了进去；
但是墙围碍阻，
　叫我怎能跳？
虽然——
　我却连园角头那枝都看见了。
因为伊把我底视线牵引去，
　似乎我底视线能够转弯了。

　　　　　　　一九二〇，十，二十二。

（以上四十八首选自《蕙的风》，亚东图书馆1922年出版）

小诗一

你该觉得罢——
仅仅是我自由的梦魂儿,
夜夜萦绕着你么?

一九二二,二,六。

小诗二

风吹绉了的水,
没来由地波呀,波呀。

一九二二,二,六。

小诗三

偏偏不许我没有烦闷的长夜呵!

一九二二,二,六。

小诗四

没有主人管束的
自在地在空中游荡的灰尘呵!

一九二二,二,六。

小诗五

不息地燃烧着的相思呵!

一九二二,二,六。

(以上五首选自《湖畔》,杭州湖畔诗社 1922 年 4 月出版)

潘漠华

草 野

(一)

寂寞的清醒的早晨,嫠妇已止了哭泣,孤儿是疲乏了,歌女底哀婉的歌声渺了,游行者也停止他沉重的脚步:一切,一切都睡在美梦底茫茫里,安慰他们自己。

晨光透过疏林,金黄的,灿烂的,在漠漠的大地上跳舞。

但那时,青年却扠着泪踯躅在草野。

(二)

赤热的仁爱的太阳,不忍看也看不过这在人世间底遍开着的罪恶底花,满结着的罪恶底果;他匆匆跑过青碧的穹天,哭红了脸,掩在西方森林底背后,洒出万点黄金的泪。

他终于迟迟地沉没在红霞的海里去了!

但那时,青年又扠着泪踯躅在草野。

(三)

老少男女在茅舍里坐着对哭,月光姗姗地走过他们底窗下。

一切事情都过去了。夜是凄凉的沉寂。
但那时,青年又抆着泪踯躅在草野。

一九二二,二,二十五。

轿　夫

倦乏了的轿夫，
呆呆地坐在我底身边，
俯首凝视着石磴上纷披的乱草与零落的黄叶。
倩笑的姑娘，
烂熳活泼的童子，
赤裸裸卧在海边号哭的妇人：
这些可使我笑可使我流泪的，
尽在我膝头展开的画册上鲜明地跳跃。
但这于他有什么呢？
他只从纷披的乱草里，
看出他妻底憔悴的面庞；
他只在零落的黄叶里，
看出他儿女底乌黑的眼睛。

一九二二，四，一，伴修人，雪峰，静之游紫云洞时。

孤　寂

（一）

沉闷的二月天底午后，
躺在屋角放着的藤椅上，
听那浮浪的朋友拉着寂寞的胡琴。
拉到呜呜咽咽了，
他面上忽涌出神秘的微笑；
待到微笑去了，
孤寂依然兜上他底心头。

（二）

石沙铺着的大街上，
他两手放在衣袋里向前走着。
红萝卜放在篮里担过去了，
妇人拿着艳黄的一串一串的丝走过去，
喊卖落花生的粗厚的声音也抹过他底耳边；
还有那大袖光发的青年兄弟，
那红裳白衫的青年姊妹，

都说着笑着走过他底身旁:
但他们却没有带了他底孤寂去。
他底眼尽看着花花落落的起来,
尽看着花花落落的过去;
却徐徐地更扩大他底孤寂的世界,
在人们看不见的深远处。

   一九二二,三,十九。

回栏下

夜风倏倏地吹动
沐浴在星光里的绿叶们
婆娑着飒飒的微语；
他此时在回栏下慢慢地走过去了，
是低微唱出凄婉的歌。
思父的歌么？
思母的歌么？
思兄弟姊妹的歌么？
他面上是挂着泪的！

一九二二，三，二十八。

黄昏后

　　悲哀轻烟似的来了！
红云泛上面颊，
　用手掠过蓬茸的头发。
　　悲哀轻烟似的去了！
红云泛上面颊，
　用手掠过蓬茸的头发。

　　　　　　　一九二二，三，四。

塔　下

（一）

　　蓝花乱缀在草梢头，
开满了路旁的坟背：
我低头走过去，
我底朋友们也低头走过去。
　怅惘坐在雷峰塔下的亭栏上，
我淡漠的脸色，
掩不了从那些开放在眼前的蓝花所引起的沉沉
　　的悲伤——
这像春风织就的湖波似的，
这像柳姑娘底蓬蓬的散发似的，
层层绉上心头来了，
纷纷披在心灵底周围；
使我只有干瘪的微笑着，
随意把横笛儿呜呜吹起。

（二）

宝俶塔下留连着夕阳的古道上，

我们晚静的心里，
各自梳理着今天底游情：
把草花放在笛头；
手儿交在背后，
懒懒地慢步归来。

一九二二，四，一，伴修人，雪峰，静之游西湖时。

游　子

　　破落的茅舍里，
母亲坐在柴堆上缝衣——
哥哥摔荡摔荡的手，
弟弟沿着桌圈儿跑的脚，
父亲看顾着的微笑：
都缕缕抽出快乐的丝来了，
穿在母亲缝衣底针上。
　　浮浪无定的游子，
在门前草地上息息力，
徐徐起身抹着眼泪走过去：
父亲干枯的眼睛，
母亲没奈何的空安慰，
兄弟姊妹底对哭，
那人儿底湿遍泪的青衫袖：
一切，一切在迷漠的记忆里
葬着的悲哀的影，
都在他深沉而冰冷的心坎里，
滚成明莹的圆珠，
穿在那缝衣妇人底线上。

　　　　一九二二，二，二十二。

稻　香

稻香弥漫的田野，
伊飘飘地走来，
摘了一朵美丽的草花赠我。
我当时模糊地受了。
现在呢，却很悔呵！
为什么那时不说句话谢谢伊呢？
使得眼前人已不见了，
想谢也无从谢起！

　　　　　一九二二，一，五。

回　望

倚着桥栏望望来时路,
那草舍底门前,
满田菜花黄的田塍上,
秃桑绿竹的路旁,
许多不相识的人们,
在我过来的足迹上,
又加上错乱的新的履痕了。

一九二二,三,十二。

离　家

　　我底衫袖破了，
我母亲坐着替我补缀。
伊针针引着纱线，
却将伊底悲苦也缝了进去。
　　我底头发太散乱了，
姊姊说这样出外去不大好看，
也要惹人家底讨厌；
伊拿了头梳来替我梳理，
后来却也将伊底悲苦梳了进去。
　　我们离家上了旅路，
走到夕阳傍山红的时候，
哥哥说我走得太迟迟了，
将要走不尽预定的行程；
他伸手牵着我走。
但他底悲苦，
又从他微微颤跳的手掌心传给我了。
　　现在，就是碧草红云的现在呵！
离家已有六百多里路。
母亲底悲苦，从衣缝里出来；

姊姊底悲苦,从头发里出来;
哥哥底悲苦,从手掌心里出来:
他们结成一个缜密的悲苦的网,
将我整个网着在那儿了!

一九二二,三,十。

归　家

我想戴着假面具，
匆匆地跑到母亲面前；
我不妨流我底泪在里面，
伊可以看见而暂时的大笑了。

　　　　　　一九二二，一，十五。

想　念

我在大雾的早晨，
在认真的糊涂里，
就爱上那朵花了。
我随手拈了来，
我脸上涌出美爱的微笑；
聚起我手里底喜悦，
　　　足里底喜悦，
　　　眼里底喜悦，
　　　发里底喜悦，
　　　一切我身上底喜悦，
恨不得都一齐搁在那朵花底心里。

我捧了伊回得房来，
插伊在书桌上底瓶里。
读一回书，作一回字；
我沉思里向伊美爱的看着，
伊微笑了，——羞了，
伊娇小的心里，经不起这么多的喜悦了！
伊伴我读书，伊伴我作字。

一天又一天,
伊底叶渐渐枯去了。
一天又一天,
伊也渐渐憔悴去,——抖着,将谢了!
我向伊惜别的微红的面上,
尽情洒上山泉般的眼泪。
我看伊微弱地向我招摇,
后来终于凝视着我而逝了!
我于是潜声饮泣,
聚起我手里底悲哀,
  足里底悲哀,
  眼里底悲哀,
  发里底悲哀,
  一切我身上底悲哀,
都一齐伴伊埋在黄土里去!

    一九二一,十一,十七。

忘 情

伊死已六年了。
伊没有认识我,
只知道我底名儿,
可是我每次过伊墓前时,
我底洁白的心儿,
就给一缕悲哀的情丝,
缠在伊墓头青草上了!

一九二一,十二,十六。

(以上十四首选自《湖畔》,杭州湖畔诗社 1922 年 4 月出版)

雨后的蚯蚓

出了茶店,过了雨路,又进了酒店。

我不愿筑新坟在自己的心头。

雨后蚯蚓般的蠕动,是我生底调子。

我底寂默!寂默是无边,悲哀是无边。

愿海潮是我身底背景,火山是我身底葬地。

雨湿了相思的路?我底爱人!我底爱人!

黎明在涌金门外

假使那番鸭会飞，
我将托他寄封信，
寄往畈满豆花的南乡：

"慈爱的母亲，
在今天秋寒的黎明，
你儿又在此地认识了一位朋友，
他是立在近岸的浮草中，
用个方网捕虾的老人。"

一九二二，十，三。

念姊姊

姊姊,放去你手已三朝晚,
但我心头却仍是有个凹;
东西南北云封起,
终掩不去我天心一缺哟!

只知道你是无言,
谁知你用手心达意?
风息雨止天静默了,
又谁知你静默中茹苦含辛呀!

夜

　　我底心像个黑夜:
满天星在流陨,
一林柯叶微语,
秋神也在曼吟而迟步。
　　我底心像个黑夜:
爱人枕腕在梦,
母亲卷自己的袖,揩自己的泪;
还有一座白坟,
坟前溪水正在低流,
那就是我父亲底白坟。

小诗两首

（一）

我愿望我底心，
是睡在深山的红叶，
听听风雨咿唔过枝头，
看看女郎采樵泪乱流。

（二）

冬天下灰色的斑鸠，
循着石铺的白道，
在绿荫荫的树下哭过去。

哭过去的斑鸠已远了，
但他哀哀的哭声，
还缭绕在那树荫下，
还平铺在那石道上。

怅　惘

伊有一串串的话儿,
想挂在伊底眼角传给我。
伊看看青天上的白雁儿,
想倩他衔了伊底心传给我。

眼梢弯了,挂不住;
白雁儿远了,不能飞回:
伊于是只有堆伊底忧虑,
在伊四披的乌发上了。

月　夜

不用泪涟涟了,
不用帕儿频揩了,
踏月华归去,去,
莫追踪妹妹底梦迹!

长留亦无终结,
长迷离亦无归宿;
夜露湿透你肩了,
消熄去心头梦痕。

立在月下,月不知,
想念妹呀妹不知!
凭夜空碧纸,用无墨的文字,
画遍妹妹底小名。

新 坟

采花的人去了,
发影裳影都远了,
遗下一朵蓓蕾在那树跟。
我怜伊是被遗弃的,
将伊用黄土掩上,
伊底苦命就完了。

我回头望望那新坟,
一步一步走近我家门。
我不愿将这新坟筑在我心头;
可是树梢的残阳会笑,
那檐头的秋风会歌,
插在那新坟上的青草会俯仰的拜:
眨眼看时,侧耳听时,
我就满怀都是凄怆呀!

一九二二,三,十四。

月　光

月光洒满了山野，
我在树荫下的草地上，
踯躅，徘徊，延伫；
我数数往还于伊底来路，
想着飞蓬的发儿，
将要披在伊底额上看见了。

我心儿慌急，
夜风吹开我衣裳。
月儿光光了，
这使我失望了，
伊被荆棘挂住伊底衣了。

我垂着头儿，
噙着泪珠，
双手褰着裳儿，
踏过茂草，
将月光也踏碎了。

我跑到溪边,
睁大我底眼眶,
尽情落下我的眼泪,
给伊们随水流去;
明天流经伊底门前时,
值伊在那儿浣衣,
伊于是可以看见,
我底泪可以滴上伊底心了。

清明底思念

悔呀！真不该说
"人间值不得眷恋"，
清明梦回的枕上，
却眷念得淌泪了！

湿了被头，湿了枕头，
手帕可在泪水里浣了，
却终不能浮去我底身，
汪汪的泪水，不能达到我故乡。

寻并州的剪子，
剪断满山的红杜鹃，
剪去人间有清明，
剪去我心野底乱麻。

缚成花圈无处抛，
翠叶鸟亦无头可去插，
放在案头吧，让我底心儿
跟着花圈转，尾着那鸟儿飞回。

一九二三，四，六。

祈 祷

月光茫茫的夜,
他坐在石砌沙铺的旷场上,
横起笛儿在吹,
心声却呢喃的祈祷:
笛声,我吹去的笛声,
你飞去,飞过那矮墙,
可落在那人屋顶;
伊现在正在酣睡了,
——左手搁在头边,
蓝衣的前襟,解开掩在枕上,——
你轻轻地唤醒伊,唤伊出来,
说,夜是如此美丽的夜,
月儿皎皎的照临,是待我们底夜行,
我们去,我们去,
我们去到旧日坐过的草坪,
共流久别重逢的欣慰的泪。

黑沉沉的深夜,
他还在那人门前来回的走着,

心中,是不绝声声地祈祷:
脚声,我轻妙的脚声,
你飞进去,飞近我那人底身边,
你告语伊,——
伊此时或正在寂坐,
或正在默然的念我,——
说,在你门前来回的走着,
今夜是第七夜了,
这回是今夜底第九回了,
他望不得你出来,
他将会走到天明,
明夜也仍将会走到天明,
后夜也仍将会走到天明,
他将会永远的每夜都走到天明,
你痴心可怜的情人!

再 生

　我想在我底心野,
再摘拢荒草与枯枝,
寥廓苍茫的天宇下,
重新烧起几堆野火。
　我想在将天明的我的生命,
再吹起我嘹亮的画角,
重招拢满天的星,
重画出满天的云彩。
　我想停唱我底挽歌,
想在我底挽歌内,
完全消失去我自己,
也完全再生我自己。

夜 梆

夜梆柝柝地响了,
我心潮微微地掀涌。
听不清夜梆响声底意味,
数不尽我心潮底波尖。

晨角清澈地吹了,
我心灵又轻越地飘荡。
不忍听的是晨角底呜咽,
走不尽的是我心径底迂萦。

晚风呢喃地歌了,
我心琴又紧翕地张弛。
晚风底歌是楚凄,
我心琴底弹奏是苦悲。

问美丽的姑娘

晚天扯破了云裳,
美丽的姑娘,你告诉我,
织女将织些锦霞来补去。
夜半天星崩颓了一角,
美丽的姑娘,你告诉我,
那地上阴森寒的丛林下,
鬼火将飞蓬蓬的升上来补去。
假使我扯破我底网呢,
那网内是放着我一切美丽的梦,
日的梦,夜的梦,
太阳正当午时的梦;
美丽的姑娘,你告诉我,
我将采撷些什么来补呢?

冬夜下

读着朋友底诗,
翻着亘古的画,
喝着红萄的酒,
读一句,翻一幅,喝一杯,
泪也一滴一滴的流。

读完朋友底诗,
翻完亘古的画,
喝完红萄的酒;
葬悲哀在诗底末句,
葬悲哀在画底末幅,
葬悲哀在酒底末滴。

灵魂底飞越一

　　去吧，飞往故乡去来。
绕爱人底屋前屋后，
回顾他向西的窗户，
告诉伊，我在杭州是病呀！

　　去吻母亲底脚，
去吻母亲底手，
去牵动伊底前后裙，
放我病里的幻花在伊梦里呀。

　　随着笛声飞去，
随着荒凉的胡歌飞去，
裹我一大袋辗转床席的泪，
横虚飞向故乡去呀！

　　去吧，横过凤凰山前，
掠桐江而上，溯婺川，
趁熟路飞越呀，
又度过万点的乱山。

去吧,问南乡去吧!
病中的焦急呵,病中的忧虑呵!
万点残花一齐飘零了,
满天白雪齐纷飞了。

灵魂底飞越二

　我离躯壳而飞越了,
朝发自夜湖之滨,
暮迟于我生前的南乡,
夜则敲我家母底胸门。

　我难告诉伊呀,我是死了!
死泪已塞住向生母开的口。
我不愿我母知道呀,
伊将丧失伊底心,而至于病狂的呵!

　借庭前的桂花树,
来曼吟我死者底歌,
将歌出茫茫苍苍的大野,
母亲将抱不到你爱儿了!

　生前的恩爱呀,
死后都不堪思维了。
飞越上西山森林颠,
化作杜鹃安慰母亲去!

轻轻按按母亲底梦呀,
尽我死者底心血,
平舒的铺排,江南底锦绣般,
在那儿浩歌我苍凉的鬼曲。

将归故里

母亲,我将归故里。
门前的石路上,
我将来慢慢地踱,轻轻地步;
我将消灭笑泪与生死,
我将坦步归我故里。

母亲,我将归故里。
山霭横虚的黄昏,
夜云低漫的三更,
我将瞑目坐在我们家底屋角,
倚着你底身边,
絮絮话述我儿底梦:
话到欢乐时,我固是喜笑;
话到悲苦时,想起母亲是在身边,
我将也含泪而凄笑。

母亲,我将归故里。
我将披散头发,
抱着我骸骨镂成的琵琶,

心火蓬蓬地飞发时,
朝朝的黎明,或是夜夜的夜后,
我将猖狂的扬舞,
我将琵琶不停地狂奏;
奏出我外出的悲哀,
奏出我归来的狂漫。

母亲,我将归故里。
前山森林里,鬼火忽隐忽现时,
母亲,你看见,当是我底归魂;
夜风扣我们家底门环时,
母亲,你听见,也当是我底归魂;
母亲,但或留或不留,
夜风鬼火都不知道。

母亲,我将归故里。
你交给满担给我负担,
你陨落我在荒凉的原上;
我现在实已疲败了,
我将归来,放下担在你底身边,
然后奔入你底怀中,
我将瞑日掩耳,斫断我底心弦,
在你底怀中,寻到我生命底安眠。

万念俱消

秋山不登也好,
免得在山坡坟堆间,
空蹩躞在红叶上。

…………
…………
…………

生命上深刻的一痕

那年离去永嘉时,
我是残宵般的颓丧了!
在那城西门底一角,
我是眷恋了一位女人呵。

我对于伊的眷恋呵,
仿佛我对于母亲的眷恋,
仿佛我对于乞丐的眷恋,
仿佛我对于兄弟姊妹的眷恋。

灰色的衣衫走进我房里来,
立在几前怔怔地窥量我,
知道我是良善的君子,
噙泪絮絮地话了。

伊是呵,我不忍写,
莫有爷娘,也莫有名义上的丈夫,
只有一位行商的哥哥,
有的是伊颠连无告的孤身。

伊告诉我那年伊是十八岁,
告诉我过来的流荡的生涯,
洒在花前月后的辛泪,
经历过狂波苦海里的颠簸。

伊曾几次被人儿骗了,
一时的失足,几次卖去魂灵;
几次有人亲密地要娶伊,
但去后却总不见回来了。

有容易被人爱悦的朝晚,
更有容易被人舍弃的朝晚;
几度把魂灵包起赠与人,
但几度都可怜的被丢了。

客舍小窗是向冷街开,
伊悲语是不能忍心听;
几度想站起替伊拭去泪,
几度都黄连般苦的停止了。

伊是抒不完伊底哀思,
伊是流不竭伊底苦泪;
伊也顾不到是在天涯游子前,
少说些也少流些。

…………
　　……

夜 歌

三月五晨

慢慢地踱呀,
轻轻地踱呀,
离去故乡的步!

慢慢地踱呀,
轻轻地踱呀,
离去母亲的步!

慢慢地踱呀,
轻轻地踱呀,
离去情人的步!

三月五夜

客地寂居的夜,
梦想立我妹妹在胸前,
替伊缀上满头的星:

但如今,只有泪呀,只有泪呀!

　明朝将离去,
为了你,又停留一天;
俯在伊耳边细说:
爱人呀!我觉得多留一刻也好。

　静而模糊的夜,
但四周又似乎有万马奔驰,
爱人呀!这是我底心情,
在你底身边瑟瑟弹起。

　送你归的路上,
捧着你底脸,作个长久的接吻:
爱人呀!明天就离去,
谁知道,谁知道何期是再会呀!

三月六晨

　妹妹呀,当我像野鹿一般,
奔向那森林里来会你,
无论是会着或会不着,
我归来即狂写我底诗。

　会着了你的归来,
我就把你底油发,把你底香唇,

渲染在我底诗里；
会不着你的归来，
我就把我底泪，我底忧虑，
缀系在诗里，跳跃在诗里。

妹妹，我们底爱，
是有缺陷的完全，
所以我想，将这些诗烧去，
也是留些痕迹；不烧去，
也是留些痕迹。

三月六晚

妹妹呀，我们底家，
是只建筑在黑夜里的呀！
因为白日里，你是你，我是我，
逢着也两旁走过去了，见了也无语的
　低头了。

妹妹，这问题烧得我好苦：
怎样把我俩底家，
一样的建筑在白日里，
在无论何时何刻呢？

妹妹，我们当知道，
在他们底面前，是不许我们年少的结合；

我们当知道,
他们是可破坏的,他们是可破坏的!

三月六夜

妹妹,当我过你门前时,
见你在阶沿向空中写字;
我知道,你写的是什么字——
可不是令你伤心的名儿?

妹妹,当我向你说我俩须逃亡时,
你默默无言了,美丽得与夜化合;
一刻后,你说,那是做不到的:
那时我知道,我知道,
家的爱,母亲的爱,正在眷系住你。

妹妹,我当然也想到,也念到,
我自己也许做不到就逃亡:
我们要世界上全般的爱,
母亲的爱,家的爱,乡的爱。

三月八晨一

西方犹留稀白的残光,
溪水分作幽明的两色,
路是漠远而寂寥呵,

将离之夕呀！何如此之凄迷！

  妹妹，我想将我生命之船，
扬帆载了你泛去；
当然，泛去是无定的漂泊，
泛去是无定的漂泊呵！

  几回在你门前踟蹰，
几回向森林中狂跑；
几回飘荡我底心灵，
几回漫流我底别泪。

  妹妹，别吧，别吧！
一切的絮语，我终和夜说过了；
将来，将来溪水会告诉你以我底别辞，
山灵会姗姗的来顾你。

三月八晨二

  昨夜做个梦，
梦你赠我一篇长诗；
妹妹呀！我醒后追维，
诗中的言辞，是如何感我底心呵！

  我读一句，想得你是笑了，
笑得与天末晚霞红合；

我读一句,我感动得流泪了,
家只筑在夜里的悲哀呀!

醒后,摸床头的诗,
知是梦了,知是梦了!
但我俩底爱,就是诗,
我俩底夜会,就是一篇美曼的诗呵!

妹妹,我已受得你底诗了,
梦中读过,一切都记取了!
今朝分手,今朝分手,
远去兮,后会是何期呀?

三月八晚途中

上午浓雾漫天,
我梦想故乡在雾中,
梦想我母亲在雾中,
梦想我情人在雾中。

下午细雨微微,
我梦想我故乡在雨里;
雨的故乡里,是住着
我母亲和我情人。

明天呵,我愿光明的天宇下,

故乡的乡南，乔仰着一株
苍老的高松，——那是我母亲；
在那高松底荫阴下，开放着
我那羞怯的花蕾，——那是我底妹妹。

三月十八夜杭州

　　雨乱缀我衣上，风纷披我衣裳，
却终久在你门前伫立，
看定那门帘边的你，
又仔细的思量，果是我妹妹吗？

　　我俩走了，我俩从雨丝里来了。
走到那休止的门前，
我细细摸遍我俩底衣裳，
知已满了风痕雨斑了。

　　妹妹呀，知道是什么意味，
我此刻的心情？
自知仿佛几瓣飘零的花片，
又经今夜的风吹雨打。

　　送你归的路上，
把我衣掩在你身上，
怕雨湿去你香发，怕雨吻去你衣香，
怕你母知道有我泪落上你衣衫。

三月十九夜杭州

妹妹呀，我道，
我欲挹取你心中的爱恋；
但你却莫说，"我欲挹取你心中
　的忧虑"，
因为，因为忧虑是悲苦呀！

风在屋顶飘落，
夜却是寂静而无聊，
妹妹呀，我独坐窗下，
细细描我俩生命的画图。

夜野是空灵得飞越，
我心却几度燃烧，又几度熄灭；
妹妹呀，后来我坐起，
默默追寻我暗碧的星天。

三月二十夜杭州

山是如此的静定，
天是如此的低迷，
我俩相偎抱在夜野中，
鬼神来祝福夜底一对儿女。

相偎的站起,又相偎的坐,
现代爱恋者的我俩底泪语呀,
有终朝细雨般的凄咽,
又如空与虚之相对语。

夜是怎样的赐福呀,
夜是我俩底父亲,也是我俩底母亲!
我俩长依夜底膝下偎抱吧,
任溪水的流逝,日夜完成我们底爱。

三月二十二夜杭州

沉闷里握起笔来,
妹妹呀,写你底名儿好呢,还是
  描画你底面容?
我觉得写你底名儿写不完好,
描画你底面庞也描画不像;
妹妹呀!你在我底心里,是模糊,又苍茫。

别你有半月了,
朝夕昼夜,只要是垂头,
就默默念起你底名儿,默默想起你底脸儿;
几次像哭般的喊着你,
也几次用我底泪,匀细抹过你底面容。

想到渺远的未来,我俩底前程,

将怎样的安排,将怎样的预期,
就觉得飘飘了,就觉得宇宙霏霏了!
妹妹呀,我们将怎样的偕行,
将怎样的去披棘斩荆,将怎样的去采花撷叶,
开辟出我俩底田地,建筑起我俩底园亭?

深潭的水,高山的草,
你当是我底来归吧!你登上峻岭,
徘徊于原野,延伫于倾陂,
于晨,于夜,于太阳正中的当午,
想象五百里路外,正有我在泫泪悲吟。

妹妹呀!流不断的是我俩幽会前的溪水,
长途隔不断的,却是我俩底情恋呀!
春风抚摩我底两颊时,我向他低语:
请呀,请寄个口信给我底妹妹,
在故土抹他泪的是你,在客地抹他泪的,
却是他自己的衣袖,却是他自己的手巾。

三月二十三晚

此地又寂寥,却又喧哗,
西方画满残片的红霞,
江水是一缕的青丝,
但是我,却日夜念着我底情人呀!

收团我底心儿，
只任他在思路上慢踏；
也许君是不知，也许君已知之，
我却终是沉沉地想思呀！

我寥廓的心野，
扫去败叶，拾去残桠，
妹妹，你慢扬你裙裾，细踏你足尖，
在我心野轻歌曼舞吧。

星星会沉落，云裳会撕破，
但我底心衣，披给你的，
将永远，永远地鲜明而美丽，
你穿了，偕我歌舞在九天。

三月二十五朝

左手攀住古藤，
右手轻梳理你底发，
你呀，却明明用双眼噙住我，
妹妹，这是如何刺破我底心呀！

放眼夜下四周看望，
这是如何的静悄悄了！
迷明的远山的红花般的，
却是涧水独自潺流的声音。

我俩举头望夜空，
群星繁明于高枫之巅，
眉月却已西沉了；那时，
我徜徉于你旷散的心原。

妹妹，这些那些都已过去了，
远地是说不尽的寂寥呵！
梦儿空成，泪儿也空流；
夜底一对儿女呀，我俩如今是远离！

三月二十七朝

我静思冥想，
我生前，你心是我底坟墓，
我死后，你心也是我底坟墓，
你发呀，就是我底墓草。

说不尽的思恋，
走不尽思路底蜿蜒；
妹妹呀，远离恋人的旅客，
是如何如何的日长夜长呀！

把我手指当做一把锄，
尽力锄我头顶的荒地，
那是思念得莫奈何了，
狂乱梳掠我纷披的头发。

夜来了，我就狂跑，
茶店里去吃茶，酒店里去吃酒，
但不幸，在一般无聊的伴侣底中间，
又望见你底明眼来了！

静静坐在墙角的藤椅上，
放眼在园底黑暗的四围：
这是如何的一幅美丽的画图呵，
一对儿女，偎抱在夜色里！

独自的出去，又独自的归来。
数尽路上的石块，也拔尽
坐旁的迷迷的春草，
这是如何的倦人呀，妹妹！

我又入梦

妹妹，你给我永远
锁住那梦的大门吧！
但现今，你却给我开了，
我又入梦，又入梦了！

妹妹，你永远用红线系住我，
不使我近前去敲那梦的门；
但现今，我却猖狂地脱羁了，
大踏步陷入梦底深奥。

妹妹，那梦里，
是荒凉，是寥廓，是哀寂，
有如暴海中的鬼岛，
有如战场上的孤堡呵！

当然，我须粉碎我身，
我已被梦火激烈地燃烧了；
光焰千万丈的当中，
妹妹呀，里面沉溺着你底恋人！

在梦外的你呀，妹妹，
实可决你底泪泉，
来歇灭我底梦境；
但我却不愿意说呀！

生存当无干净地，
何处去寻人生的乐园；
万般骚动的人海中，
妹妹，我疯狂撕碎我底身！

风雨夜期待的火

来路也无须望了，
斑裳也无须细想了，
心头也无须白热了，
神将溜过寒冰在你胸腔。

空踟蹰在阶前,
空听雨声乱迢递,
空当冰风刮过面,
空火焚我底心原。

夜更沉沉地深了,
风雨更狂痫地发了,
心原底火更蔓延了,
爱人底步声也更杳了。

细揣度我底心琴,
更紧张我底心弦,
更烦乱的杂奏了,
谱出我焦急的新声。

四周如深山底寂静,
又如有市井的繁声,
又如有战场的悲鸣,
也夹杂着老母幼子相呼致。

如登上蜀山底嵯峨,
如步上蜀道底崎岖;
任情海清浅的波流,
任天地凄楚的播弄。

焚诗稿

焚去我恋诗底初稿,
那里是写满我底忧愁,
是狂滚我底热心;
那里是濡染着妹妹底香润,
系恋着妹妹底善心:
现今,都将他葬在火里。

火焰腾腾地升了,
诗稿页页地毁灭了;
把我俩底爱情,
葬埋在毁灭的境地,
将他与永远同存。

诗稿留得一副了,
那副上是飞腾的写着,
"妹妹,日夜完成我们底爱!"
我底心猛烈地狂撞了,
我俩底爱是永远地缺陷,
是消灭的永存呀,妹妹!

都葬在火里了,
诗稿幻成一堆纸灰;
在那灰色的宇宙里,

能长留我俩底痕迹,
能永远深藏秘密的爱情。

深夜钞诗寄妹妹

深夜钞上我底诗,
在乳白的水月笺上;
待明朝呀,待明朝呀,
将放在我妹妹底身边。

笔尖在纸上狂走,
心意也跟着转流;
连我一切写不出的情曼,
都放上字底横直里。

妹妹,你读到这些诗时,
读到我底忧愁吐成的,
那你也莫哭;读到你底忧愁
波潮在笺上了,那你也莫哭。

妹妹,你能细细地读,
知道我底情意,在笺上馥郁得盈溢了,
不只丰藏在诗里,
直泛滥在笺底空白与片角。

我狂写我底诗,

来狂画我俩爱情底云山；
我希望我俩在我底诗里，
交流我俩爱恋底苦情。

年华消逝得狂风般，
春秋代序如轮翻；
但愿放在你身边的诗，
能永远鲜明如我俩底爱情。

记与雪夜话

雪，当我喋喋告语时，
我沉迷在红萄的酒里，
满身沾染有酒底香润，
也满怀有酒底迷离。
迷离时我深深地垂头了。

遵着沙路大踏的走，
穿过小街与静悄的冷巷；
我告语你到雨夜的会合时，
满耳听得雨淅淅了，
我不能再告语你雨声底末尾。

我心底分驰呵，
仿佛五马裂我底心；
我想画东方底朝云，

也想画西方底晚霞。
雪，我坦示你，在爱上的歧路。

我过来的青春，
消失去在父母兄姊底苦海；
细细数苦海底珍宝给你看时，
我言语也似哭声了。
我知道我自己底苦衷。

辗转在沉迷的夜色下，
翻侧我灰色的生命；
告语后的沈息时，
我更认真我已败了，
但我愿努力再造狂热的天地。

爱者底哭泣

藏在深衷的秘密，
不可怜我世人不知道，
只亲爱与相依为命的母兄，
都不能知道呀！
只窘困在我自己底心头。

想奔上云头底层峦，
宣泄我深心底秘密；
想遁入冷寂的荒山，

高歌我中心的秘密:
让他流转在宇宙里。

泪只在我心头流,
妹妹,愿你能接受我底泪;
生命在歧路旋转,
愿走上生命底歧路;
但我将永远的踟蹰。

离去童年的故土,
寻灿烂的新生命去;
长依在家堂底馥郁里,
葬去我俩底爱情:
但我愿跨走两边呀!

阡陌将有我底终生,
都在我心野纵横的开;
终生都左手牵着母亲,
右手又舍不下妹妹底手:
我将分裂我底生命。

我们杳杳地逃亡呀,
你我都舍不得家乡去;
故乡底夜的南野,
当天长地久有我们底夜泣:
你我都愿接受全般的爱呀!

寻新生命去

我火般的狂了,
不愿把我俩底生命,
埋没在草莱下的荒冢;
愿把我俩底生命,
就毁灭也毁灭在我俩底爱恋里。

卸去一切的羁绊,
斫断心灵上的锁链,
妹妹,风朝也好,雨夜也好,
我们相依逃亡吧,
我们须生存于新的意味里。

风般掀动我们底衣衫,
洪水般泛滥我们底心潮,
我们狂舞在火光里,
合唱我们男女相恋的歌,
唱起我俩底情火满天红。

不想只在故乡生存了,
愿把我俩消磨在奔波上;
我们停留山与海里,
尽我们光明的血汗,
去日夜创造我们底宇宙。

恋诗篇一

你玫瑰红的面颊上，
塑起我生底坟墓，死底坟墓；
你重重的血吻，血吻里迸出来的珠玉，
筑起我坟墓底圈环！
妹妹，生生世世是你底人呀，
将杳杳默默的逃亡！

守不到终身是枉然；
有灵魂底拥抱，更望有肉体底飞舞！
扑入我怀里来，但你妈，
却死命地牵你衣裾：我知道，
宇宙也许长存在，
你我是终古不能并头开。
但我望呀，我知你也望呀，
天边的白船会载去你和我！

昨晚望湖上的夕霞，
眼前幻成你处女底血沸；
夜后梦入巉岩鬼石的深谷里，
海潮却湃湃地拥抱我俩——
爱者底泪绵绵在相合流，
"Cuddle！""Cuddle！""Cuddle！"
你命我，我命你。

南野底诗的会合,
你放你玉手在我唇边而拈花微笑:
夜底寂寞的女儿!
垂头礼拜你身前的一老僧!
梦呀,梦呀,与天地同远,
枫叶声多里,你我梦正长!

妹妹!暮暮夜夜底想思,
身却又将远行了!路是无尽,
我知你我想思也将无尽。
举眼望碧落,如何的悲狂呀!
你我底前程!你我底前程!
我们怎样燃烧我们底野火呀!
呜!呜!呜!……

一九二三,七,一。

(以上四十三首选自《春的歌集》,杭州湖畔诗社 1923 年 12 月出版)

归　后

灼耀灼耀的街灯里，
我茫茫地去了；
灼耀灼耀的街灯里，
我茫茫地归了！但灼耀灼耀的街灯里，
去的带的是忧伤，
归来仍带的是那忧伤。

酒也喝了几盏了，——

在那黄桌旁，我用酒沃了我伤痕！
我热蓬蓬的呼吸里，
醉得有些微酡的发额上，
仍留吗？我生活这许多年的苍茫的风色！

南野的雾縠一幕上心头，
我便恋着那酒了——那馥馥的酒！
呵！那馥馥的酒，你重新陶醉我吧！
满天的摇星，夜景远处朦胧，寒风吹梦，
那灼耀灼耀灼耀的街灯，

将一切都陶醉到冥茫无边的境里!

一九二四,一,十四。

(选自《支那二月》,1925年2月18日出版)

谢旦如

苜蓿花

我的二十一个春秋过尽了!

1

一间灰暗的房里,
只有一只没有做完的小袜,
还是妻子的手迹。

2

走近树下卖卜的摊前,
想问他,我往哪里去;
低头一片秋叶落在我底脚上。

3

太子塔落影在莲衣池里,
二只白鹅游上了塔尖,
石路上有几声沉重的脚步。

4

浸在三更的冷月里,
你为什么还没有归意?
空听着夜风里凄凉的笑声!

5

一缕乌黑的烟,
在飞红的晚霞里上升,
我又疑是自己底灵魂。

6

寂寞的秋林中间,
雏鸟枝头上学飞,
几片飘零的红叶怪响。

7

迷迷离离地擎起酒杯,
在嘴唇的面前,
又望到我自己底面庞而清醒了!

8

我随便的在灰尘上面践踏,
它在我底脚底下冷笑,
"我总有一天爬上你头上来!"

9

楠木的厅上结满了蜘蛛网,
门前只剩了一双死色的石狮子,
谁会再想起他们昔日的盛时呢?

10

不要再想起琴的情意吧,
免得夜风吹开我衣襟,
免得星月沉沉孤灯晕。

11

听说她底坟上今年生了枯草,
四围的柳笆也结得密密齐了,
只是丁香的叶里还没有花飘。

12

绣有"晨安"的枕头,
睡时看了,多么的懊伤啊!
"明天还要醒来的。"

13

淅淅的夜雨里,
秋天偷偷地来了,
我忙着落我底叶。

14

想沉睡在酒里,
醒来的时候夜正半,
又是空望着死灰的天色!

15

我应该知道,
我应该认识,
白绒花插在乌云发边的人儿呀!

16

编好了花环双双,
一个带了下山去,
一个还留在山上。

17

拾起海螺一片笑,
姑娘的情意儿娇:
"当心来潮!"

18

海浪把火烧的太阳吞下了,
青山悄悄地催了眉月起来:
风里的人在树下惆怅。

19

怀了胎私奔的那个女人,
近来落魂到远处去了。
哦,这还是她留剩的手帕。

20

梦里的闲愁抛不去,
白天的希望又似青烟,——
两手空空的,日又斜了!

21

旗在风里碎了。
我底祖国呀,
我底中华!

22

幽静的冷月光里,
我又踏着了一堆荒坟,——
谁把我底命运这样注定?

23

晓阳的林里风怪忙,
青藤爬满茅草屋上;
春色上了蓝衫,处处都如梦。

24

闭上了眼睛做着祖国重兴的佳梦,
才张开了眼睛——
偏看见一面三色的旗在窗外飞飘!

25

山外是一片海,
海外又一丛山;
山边有花,海边有贝壳。

26

梦到漫山遍野的坟堆,
心头起了微微一颤。
琴,我听到了你的哭声了!

27

野风吹暖了春寒的深山,
老高的榴树红如火焰,
怀春的阿秀更狂了。

28

我看见过一片妃色的云,
云的底下压着一个飞鸟,
好象一个花蝴蝶飘舞在桃花树下。

29

月昏星残的深夜里,
我背着黑祟祟的影子去毁灭,
忽然想起我底孤茕的妈妈。

30

低头缝着我底绒衫,
后来给我换上的时候说,
"让他裹着你到明天!"

31

苹果绿的水晶钟,
一年多些也坏了,
凄凉的一间新房呀!

32

我独自上栖霞岭去,
树林的路里没有碰见一个人,
山谷里流荡着几声悠悠的寺钟。

33

茶香处,姑娘多,
弯弯的涧水边有软软的路,
斜阳淡淡里,茅舍迷蒙了。

34

破了的绒衫还没有补,
寒冷飞近单衣的身上了,
啊!但她是远了呀!

35

一步——二步——三步——
一堆——二堆——三堆——
在黄昏暮色的坟堆中间空蹩躞。

一九二四年十一月一日编成
一九二五年三月二十五日出版